Déry · Niki oder Die Geschichte eines Hundes

Tibor Déry

Niki
oder Die Geschichte eines Hundes

Erzählung
Aus dem Ungarischen übersetzt
und mit einem Nachwort
von Ivan Nagel

Verlag Das Arsenal

Herausgegeben von Ferenc Botka

Die ungarische Originalausgabe erschien unter dem Titel
Niki. Egy kutya története 1956 im Verlag Magvetö Könyvkiado Budapest.
Die erste deutsche Ausgabe erschien 1958 im
S. Fischer Verlag in Frankfurt am Main.

Alle Rechte vorbehalten. © 2001 by Verlag Das Arsenal Berlin
ISBN 3 931109 26 7

Niki oder Die Geschichte eines Hundes

... obwohl Nerva Trajanus das Glück der Zeiten Tag für Tag vermehrt und die öffentliche Sicherheit heute nicht frommer Wunsch und Versprechen, sondern fest verbürgt ist – wirken dennoch bei der Schwäche der menschlichen Natur die Heilmittel langsamer als die Leiden. Wie unser Körper fast unmerklich wächst und schnell verfällt, so läßt sich auch der Geist leichter unterdrücken als zu neuem Leben erwecken ... Zumal in den letzten fünfzehn Jahren – eine große Spanne im Leben des Menschen – viele dem unseligen Zufall, die Besten aber dem Wüten des Herrschers zum Opfer gefallen sind. *Tacitus, Agricola*

Der Hund, zunächst namenlos, drängte sich im Frühjahr 1948 in den Ancsaschen Haushalt ein. János Ancsa, ein von der Soproner Hochschule für Bergbau und Forstwesen nach Pest versetzter Professor und Ingenieur, mietete, da er in der Hauptstadt schon seit einem halben Jahr vergebens auf eine Wohnung gewartet hatte, zwei möblierte Zimmer in der Umgebung, unweit der Lokalbahnlinie, in Csobánka. Von hier fuhr er allmorgendlich ins Büro und kehrte erst zum Abendessen heim, das ihm seine Frau im Zimmer auf einer Kochplatte zubereitete. Auch der Hund stellte sich an einem Abend ein.

Soweit man im dämmrigen Garten unterscheiden konnte, handelte es sich um einen Foxterrier, vermutlich die Mischung von einem Drahthaar und einem Glatthaar. Sein schlanker Leib war von glattem, kurzhaarigem weißem Fell bedeckt, ohne jeglichen Flecken oder Tüpfel; nur die Ohren waren nußbraun, mit je einem schwarzen Streifen am Ansatz. Von der vielgerühmten Spiellaune der Natur zeugte der Umstand, daß die beiden Lappen samt ihrer Umgebung ganz unterschiedliche Zeichnungen und je anders verteilte Farben trugen. Vom linken Ohr zog sich die braune Zeichnung vorn am Kopf bis zu den Wimpern herab. Unter dem rechten hingegen blieb die Schnauze unberührt weiß, doch streckte sich auf dieser Seite der schwarze Streifen – gleichsam um die weiße Gesichtshälfte spielerisch auszubalancieren – vom Ohransatz tief in den Nacken hinein, etwas über jene Linie, wo Hunde das Halsband tragen; dort weitete er sich zu einem ziemlich regelmäßigen schwarzen Viereck – soweit der Natur Vierecke und sonstige regelmäßige Formen überhaupt zuzutrauen sind. Nehmen wir nun noch zwei große leuchtende Augen in den oberen Winkeln des dreieckigen, länglichen Kopfes hinzu und im unteren Winkel ein ebenso leuchtendes Schnäuzchen, das wie mit Schuhcreme gewichst aussah, so haben wir, wenngleich flüchtig und einigermaßen oberflächlich, jenes zierliche kleine Gebilde porträtiert, das sich vor Ancsas Füßen niederließ.

Dieser betrachtete das Tier lange und aufmerksam. Es saß auf den Hinterbeinen und schaute dem Ingenieur mit erhobenem Kopf fest in die Augen.

»Na du?« fragte dieser endlich.

Als der Hund die Stimme vernahm, aus der er offenbar eine gewisse Sympathie heraushörte, stand er auf, schlich hinter den Ingenieur und beschnüffelte dessen Füße. Den Kopf herabgebogen, sog er heftig erst von rechts, dann von links den Geruch des Mannes ein; die kleinen schwarzen Nüstern verengten sich zitternd. Ancsa wartete geduldig, bis sich der Hund mit dieser ihm begreiflichsten Dimension des Menschen nach Herzenslust bekannt gemacht hatte. Anscheinend sprach aus dem Geruch des Mannes ebensoviel Freundlichkeit und Zuneigung zum Tier wie aus den Schwingungen seiner Stimmbänder. Der Hund kam wieder nach vorn, stellte sich auf die Hinterbeine und setzte dem Professor seine winzigen Pfoten auf die Knie.

Bei dieser Gelegenheit konnte festgestellt werden, daß das Tier weiblichen Geschlechts war und am Kinn einen schütteren weißen Bart trug, welch letzterer Umstand den drahthaarigen Einschlag andeutete. Die schneeweißen Brauen wölbten sich, ebenfalls nach Drahthaarart, struppig über den Augen, die Beine erschienen im wachsenden Dunkel des Gartens etwas länger und dünner als erwünscht. Es unterlag keinem Zweifel, daß der Hund nicht reinrassig war. Dessenungeachtet streichelte ihm der Ingenieur den Kopf.

In diesem Augenblick wurde das Los des Ehepaars Ancsa entschieden. Verraten wir schon so viel, daß sich die Hündin trotz allen Einwendungen und Beteuerungen des Paares bald endgültig bei ihm ansiedelte. Jene Einwendungen stammten aus der Theorie und erreichten offenbar deshalb nicht den nötigen Wirkungsgrad. Beide mochten Tiere, besonders Hunde, gern, doch da ihr einziger Sohn bei Woronesch gefallen und der Vater der Frau bei einem Bombenangriff umgekommen war, wußten die Eheleute nur zu wohl, daß die Liebe nicht allein Gewinn, sondern auch Bürde für die Seele ist; daß sie im Verhältnis zu ihrer Größe den Menschen erquickt, aber auch bedrückt. Der Mann war fünfzig Jahre alt, die Frau über fünfundvierzig; sie wollten keine neugeborene Verantwortung mehr auf sich nehmen. Beim knappen Wohnraum kam die Hundehalterei sowieso nicht in Frage, geschweige denn, einen wildfremden Köter von der Straße aufzulesen, dessen Alter so schlecht zu ihrem paßte; noch dazu eine Hündin, die die Mühen und Plagen des Ehepaares um ihre eigenen Familiensorgen vermehren würde.

Ancsa rief seine Frau, die beim Abwaschen war, heraus. Die Hündin, die – wie sich später herausstellen sollte – auf den Namen Niki hörte, begann schon jetzt mit ihrem schlauen Hofieren, wohl ermutigt von dem ansprechenden Organ und dem sympathischen Geruch des Ingenieurs, ferner von der Liebkosung ihres Köpfchens, die sie ebenfalls als Aufmunterung auslegen mochte. Mit leichter und listiger Koketterie, zu der nur weibliche Wesen imstande sind, setzte sie augenblicklich allen Zauber ihres muskulösen kleinen Leibes wie ihrer Frohnatur ein, als ob ihr ganzes Leben und künftiges Los von der Entscheidung der nächsten Viertelstunde abhinge. Sie blaffte einmal und begann dann auf dem Rasen vor dem Haus in wahnwitzigem Tempo Kreise zu ziehen. Bald langgestreckt, so daß ihr Bauch fast die Erde streifte, bald katzenartig zum Bogen gekrümmt flog ihr kleiner weißer Körper mit Windeseile um die Ancsas, als wollte sie einen Zauberkreis um die Eheleute zeichnen, aus welchem diese nie mehr heraustreten dürften. Im tollsten Sausen wandte sie sich manchmal so plötzlich um, daß sie wie gefaltet vom Sturmwind ihrer Bahn erschien; von Zeit zu Zeit schlug sie einen betrügerischen Haken, gleichsam zur Täuschung eines imaginären Verfolgers, und zog dann, siegreich blaffend, ihre Kreise um das von Schwindel ergriffene Paar in der entgegengesetzten Richtung weiter. Am allerulkigsten nahmen sich aber die Bocksprünge aus, mit denen sie senkrecht in die Luft flog; ein jeder dieser Sprünge bedeutete nach Hundeverstand einen Spaß, den ein Hundepublikum mit kläffendem Gelächter quittiert hätte. Frau Ancsa, die – wie Frauen überhaupt – in einem engeren Kontakt zur Natur stand als Männer, lachte in der Tat einige Male laut auf.

Das Tier lag jetzt vor ihren Füßen. Es keuchte hörbar, die Zunge hing ihm aus dem Mund, und es heftete seinen leuchtenden, schwarzen Blick unverwandt auf Frau Ancsas Gesicht. Als sie sich freundlich bückte, um das Tier zu streicheln, legte sich die Hündin plötzlich auf den Rücken und bot, mit allen vieren unzüchtig strampelnd, ihren unter weißen Haaren rosig hervorschimmernden Bauch und die neun schwarzen Knöpfchen ihrer Brust zum Liebkosen dar.

Frau Ancsa brachte ihr Milch in einer kleinen irdenen Schale. Inzwischen war es dunkel geworden, der Ingenieur machte Licht in der Wohnung. Nachdem die Hündin die Milch aufgeleckt hatte, trat sie eine Entdeckungsreise an. Sie umschnupperte das Haus und die hinten angebaute Veranda, dann rannte sie plötzlich davon und zum Tor hinaus. Am Grabenrand hockte sie nieder, den Kopf zum Abschied dem Ehepaar zugewandt, und verrichtete ihre Notdurft; darauf verschwand sie, links einschwenkend, in schnellem Trab auf der Landstraße nach Pomáz.

Es muß bereits hier festgestellt werden, und zwar mit Gültigkeit für die ganze Erzählung, daß sich in das Verhältnis zwischen dem Hunde und seinen zukünftigen Herren etwas Zweideutiges einfügte, das auf beiden Seiten, vornehmlich aber bei dem Ehepaar, einigermaßen ungesunde Züge aufwies. Der Hund griff aller Wahrscheinlichkeit nach – soweit wir das Seelenleben der Tiere kennen – im Dienste seiner natürlichen Selbstsucht zu einiger List und Schlauheit: er paradierte mit seinen besten Eigenschaften, um sich in Frau Ancsas Wohlwollen einzuschmeicheln. Wir könnten auch *in Frau Ancsas Liebe* sagen, und damit milderten wir vielleicht die Bewertung seiner Schuld, sofern die mit Egoismus gepaarte aufrichtige Neigung überhaupt als Schuld gelten kann. Gibt es denn Liebe ohne Selbstliebe? fragen wir, und wenn es sie gäbe, was wäre die Liebe eines Wesens wert, das sich nicht selbst verzehren müßte, um zu nähren? Zwar benützte die Hündin alle Requisiten ihrer spröden und feenhaften Weiblichkeit, um sich beliebt zu machen und selbst lieben zu dürfen; doch sind wir der Ansicht, daß dies auch vom strengsten menschlichen, ja gesellschaftlichen Standpunkt aus betrachtet nicht als unsittlich verurteilt werden kann. Eine geringfügige Gaukelei mögen wir höchstens darin erblicken, daß sie nur ihre Tugenden zur Schau trug, ihre Schwächen aber verschwieg, ihre Fehler tarnte, ihre Gebrechlichkeit, ihre späteren Krankheiten verhehlte; sie verheimlichte, daß sie einst altern und sterben würde. Aber welche wahre Liebende geht nicht mit mindestens soviel Kniffen an die Eroberung ihres Himmelreiches? Wenn allenfalls von einer Schuld gesprochen werden soll, so wohnte diese allein im Herzen der beiden Ancsas, die mit ihrem höheren Verstand die Schmeichelei (jenen kleinen Eingriff, mit welchem das Interesse die Gefühle verschönt) in der Aura der Hündin übersahen oder, falls sie dahinterkamen, so taten, als wäre auch das in bester Ordnung; im Herzen der beiden Eheleute, die allem Anschein entgegen und obwohl sie mit Händen und Füßen gegen jede weitere Gefühlslast sich zu sträuben vorgaben, der zielbewußten Neigung der Hündin sofort unterlagen; die sich in eine Partie einließen, die sie innerlich von vornherein aufgegeben hatten; die bereit waren, ihre reine Einsamkeit für ein kleines, gefühlvolles irdisches Spiel, die Trauer nach ihrem Kinde für einige Zerstreuung einzutauschen; die alles in allem an der Stelle des Sohnes eine Hündin in ihr Haus aufnahmen … Doch schade um jedes weitere Wort: das zart opalisierende Äderchen des Ungesunden hatte offenbar hier seinen Ursprung. Im Verhältnis zwischen Tier und Mensch ist unseres Erachtens stets der Mensch der schuldige Teil.

Das Tier erschien auch am nächsten Tag, fast zur selben Minute wie am ersten; Frau Ancsa war wieder damit beschäftigt, das

Geschirr zu spülen, der Ingenieur erholte sich im Garten. Beim dritten Mal zeigte sich die Hündin schon gewitzter, sie fand sich vor dem Essen ein. Auch im Laufe der folgenden Tage kam sie so pünktlich, als ob sie zu einem Botschafterempfang geladen wäre; aber ab Ende der Woche erwartete sie den Ingenieur bereits an der Autobushaltestelle, die etwa hundert Schritte vom Garteneingang entfernt lag. Obwohl sie den Mann, der aus dem Bus stieg, sogleich erkannte, beschnüffelte sie zunächst – aus Gründen der Sicherheit – von hinten seine Füße; erst danach wurde seine Ankunft mit mächtigen Freudensprüngen gefeiert. Sie schoß so leicht bis zum Brustkorb des hochgewachsenen Mannes empor, daß die zärtliche und frohlockende Zunge fast seinen Schnurrbart erwischte. Wir möchten jetzt schon bemerken, daß die Hündin mit ihren Sprüngen auch im weiteren Laufe ihres Lebens viel Aufsehen erregte. Sie warf sich dermaßen hoch in die Luft, mit rückwärtsflatternden Ohren und rudernden Vorderbeinen, daß sie ihren Freunden, so groß sie immer gewachsen sein mochten, den Mund lecken konnte, falls sie es nur wollte. Am Donaukai, wo ihre Besitzer sie späterhin spazieren führen sollten, sprang sie höher als die größten Schäferhunde. Ihr kleiner, kräftiger Körper, unaufhörlich von der Feder des Frohsinns angetrieben, schnellte wie ein Ball jedem gewünschten Ziel entgegen; in ihren Muskeln wohnte mathematische Genauigkeit, in ihrem Herzen die Kühnheit eines Tigers.

Obwohl Ancsas nicht im entferntesten daran dachten, das Tier zu sich zu nehmen, erfuhren sie – vielleicht über ihre Nachbarn, möglicherweise über die Wäscherin oder den Briefträger, aber auf keinen Fall durch zielbewußtes Nachfragen –, daß der Besitzer des Hundes der dritte Nachbar linkerhand, ein Oberst im Ruhestand aus der Horthy-Zeit war; er lebe mit Frau und Mutter unter dürftigen Verhältnissen in seiner Villa, um seinen Hund kümmere er sich nicht viel. Bei dieser Gelegenheit wurde auch der Name des Terriers bekannt. Trotzdem nannten ihn Ancsas, um auch den Anschein der Vertrautheit und der allenfalls daran gekoppelten Verpflichtungen zu vermeiden, unter sich auch weiterhin *den Hund.* Sie hüteten sich, seinen Namen auf die Zunge zu nehmen. In die Wohnung durfte er nicht, damit er sich nicht bei ihnen eingewöhnte. Im übrigen wirkte es beruhigend, daß das Tier, sobald es sein Abendessen verzehrt hatte, für die Nacht regelmäßig zu seinem Besitzer zurückkehrte.

Eines Tages stellte sich ferner heraus, auf welche Weise der Hund anfangs, da er Ancsa noch nicht am Autobus erwartet hatte, in den Garten hereingekommen war. Dies geschah an einem Sonntag. Der Ingenieur blieb ausnahmsweise von morgens bis abends in Csobánka. Gegen Mittag erschien der Hund unerwartet hinter dem geschlossenen Gittertor. Vor dem Garten, am Zaun entlang, lief ein breiter, mit Brennesseln bewachsener Graben, über den eine kleine Holzbrücke zum Eingang führte; der Hund stand auf der Brücke. Als er den Ingenieur erblickte, erstarrte er plötzlich, als wären seine vier Beine angenagelt; offensichtlich traute er seinen Augen nicht. Minutenlang stand er reglos da und gab mit seiner ganzen Statur jener maßlosen Verwunderung Ausdruck, die der Mensch gewöhnlich nur mit den Gesichtszügen darstellt. Aber auch sein winziger weißer Kopf mit den beiden leuchtenden Augen schien beinahe blöd von der erschütternden Entdeckung, daß Erfahrung und Logik einen so sehr in die Irre führen können. Tagsüber hatte er Ancsa noch nie zu Hause gesehen.

»Schau, schau, wie verblüfft er ist!« rief Ancsa und lachte laut auf. Als dem Hund die bekannte Stimme, die seinen ersten Befund bestätigte, entgegenklang, kam er aus seiner bodenlosen Überraschung wieder zu sich. Er blaffte kurz, dann rannte er blitzschnell auf das Tor zu und zwängte sich in die schmale, flache Vertiefung unter einem der Flügel. Erst schob er seinen Kopf und die beiden Vorderbeine hindurch, dann den eingezogenen Bauch und das plattgedrückte Hinterteil; als Nachhut erreichte sein kurzer, muskulöser Schwanz zwischen den strampelnden Hinterbeinen die Szene. Die Freude, mit der er die unvermutete Gegenwart des Ingenieurs begrüßte, war grenzenlos. Nach Tisch jedoch verließ er schicklich den Garten wie jemand, der die Liebenswürdigkeit seiner Gastgeber nicht mißbrauchen will. Gegen Abend gingen Ancsas spazieren. Hundert Schritte vom Haus, vor der Haltestelle, erblickten sie erneut den Hund: er saß und wartete hingebungsvoll auf den Pomázer Autobus.

Er wandte Ancsas den Rücken zu, so daß er sie nicht bemerkte, und das Ehepaar beschloß, ihn nicht zum Mitgehen aufzufordern; der gemeinsame Spaziergang würde die Fäden, welche sie ohnehin verbanden, nur noch fester knüpfen. Doch als sie dann heimkehrten, hockte das Tier schon im Garten vor dem Haus und begrüßte die Ankommenden mit unzähligen steilen Freudensprüngen. Augenscheinlich kehrte sein Vertrauen zur Logik wieder zurück: wenn der Ingenieur schon nicht im Autobus ist, gibt ihn die Behausung früher oder später her. Dem Ingenieur aber wurde vor der Wärme bang, die er beim Betreten des Gartens im Herzen verspürte; es war den beiden, als ob ihr eigener Hund sie empfinge.

Nach Ablauf einer weiteren Woche bemerkten sie, daß das Tier trächtig war. Das ließ sich bereits an der Wölbung des etwas hängenden Bauches sehen, aber noch viel eher daran, daß es sich von Tag zu Tag mühsamer durch die flache Rinne zwängte. Zuerst hatte die Frau diesen Umstand entdeckt. Als sie einige Tage später, nachdem sie sich der Sache vergewissert hatte, ihre Beobachtung dem Gatten mitteilte, entschied dieser, daß sie sich endgültig von dem Tier trennen müßten. Er hegte nicht den Wunsch, eine ungesunde Intimität noch zu steigern.

Die Hündin quetschte sich gerade in dieser Minute durch die Vertiefung unter dem Tor. Ancsa ging ihr entgegen, öffnete das Tor und wies mit dem Arm nach der Straße; er verwies sie sozusagen seines Hauses. Die Hündin blickte neugierig zu dem ausgestreckten Arm empor, dann schnappte sie mit einigen mächtigen, frohen Sprüngen nach dem Rockärmel des Ingenieurs. Aber sie konnte den Ärmel nicht erreichen: die Schwangerschaft hatte schon fühlbar die Anziehungskraft der Erde erhöht. Ancsa schrie die Hündin streng an und wies wieder in die Richtung des Tores. Als sie den ungewohnten Klang vernahm, blickte sie den Ingenieur verwundert an; dann ließ sie sich auf die Hinterbeine nieder und heftete ihre wachen schwarzen Augen mit neugierigem Ernst auf sein Gesicht.

Es ging ihr nicht in den Kopf, daß man sie loswerden wollte. Durch Ancsas mannigfaltige Schreckversuche wurde sie zwar schließlich eingeschüchtert; aber womit sie das Hinausjagen, das scheuchende Klatschen und den rohen Ton verdient hatte, wollte ihr offensichtlich nicht einleuchten. Da sie dem Ingenieur nicht zumuten konnte, ihr ohne jeden Grund Leid anzutun, wollte sie abwarten, bis sein unbegreiflicher Zorn vergangen war und er sie wieder in seine Gunst aufnahm: folglich verließ sie den Garten nicht. Mit zurückgelegten Ohren und eingezogenem Schwanz, so klein zusammengerollt wie der große Bauch es ihr erlaubte, sah sie Ancsa unterwürfig an und wich ihm, da er drohend näherkam, langsam aus, indem sie rückwärts ging oder hin- und hersprang, ohne doch zum Tor hinauszulaufen. So oft der Ingenieur mit dem Bangemachen aufhörte, blieb sie, am ganzen Körper bebend und mit gesträubten Haaren, vor ihm stehen und starrte ihm mit ihren schwarzen Augen ins Gesicht. Sie schien Verzeihung zu heischen für eine Sünde, die sie nie begangen hatte. Und als der Ingenieur endlich mit einer plötzlichen Bewegung, die allen Hunden aus ihrer vorgeburtlichen Urzeit vertraut ist, sich nach einem Stein bückte, da machte sie zwar leise winselnd sofort kehrt und rannte, den Schwanz zwischen die Beine geklemmt, aus dem Garten – aber auf der Brücke, am Gittertor, das hinter ihr zufiel, blieb sie wieder stehen, wandte sich um und glotzte lange dem sich entfernenden Mann nach.

Dieser schaute eine Viertelstunde später einmal zur Glastür der Wohnung hinaus. Die Hündin saß dicht vor der Tür auf der Treppe und beobachtete reglos den Eingang. Als ihr Blick den des Ingenieurs traf, legte sie die Ohren an den Kopf, drehte sich um und ging die Stufen hinunter. Sie schleppte sich bis zum Tor, ließ sich seufzend zur Erde fallen und legte den Kopf auf die Vorderpfoten.

Am nächsten Tag war sie aber wieder beim Pomázer Autobus und begrüßte Ancsa mit den höchsten Sprüngen, die ihre Umstände zuließen. Sie schien verziehen zu haben, daß man ihr nicht verziehen hatte. Was hätte man ihr aber auch verzeihen sollen? Daß sie nicht als Mensch geboren war. Die Tiere erhalten für diese ihre Erbsünde, die so schwer wiegt wie keine andere in der Geschichte der Erde, nur dann Absolution, wenn sie dem sogenannten Herrn der Welt, dem Menschen, ihr Dasein abdingen. Das eine tut es mit seinem Fett, mit seiner Milch, das andere mit seiner Körperkraft, wieder ein anderes mit seiner Luxus-Schönheit, die die menschlichen Sinne reizt. Aber mit welchen Dienstleistungen sollte sich wohl ein junger, gänzlich überflüssiger Foxterrier Gnade erkaufen im kriegsverwüsteten Ungarn von 1948, das sich eben anschickte, seinem Volk aus mageren Vermögensrestchen eine neue und neuartige Behausung zu bauen? Hilfe hätte er sich nur von der Barmherzigkeit erbetteln können; diese aber war im zerstörten Lande selber beschädigt und geschwächt.

Nichtsdestoweniger erschien die Hündin, die wir mehr oder weniger herrenlos nennen dürfen, auch nachher Tag für Tag an der Autobushaltestelle und empfing den Ingenieur mit unverändertem Frohlocken. Auf dem Heimweg schlich sie ihm, da sie keine Aufmunterung erhielt, mit hängendem Schwanz lautlos nach, wartete, bis das Tor vor ihrer Schnauze zugeschlagen wurde, und schob sich dann schnaufend durch den immer engeren Noteingang. Ancsas Versuche, sie zu verscheuchen, blieben auch weiterhin fruchtlos; eine härtere Strafe, wie den Fußtritt oder den Steinwurf, wollte und konnte er nicht anwenden. Aber einmal nannte er die Hündin in seiner Wut ein »abscheuliches, zudringliches Luder«.

Am anderen Tag kam sie nicht. Auch am dritten Tag blieb sie aus. Der Ingenieur, der nicht mit dem gewohnten Autobus, sondern wegen seiner ständig wachsenden Pester Obliegenheiten erst lange nach Sonnenuntergang zu Hause ankam, fragte während des Abendessens seine Frau, ob sich der Hund nicht gemeldet habe. Die Frau lächelte und schüttelte den Kopf.

Ancsa hätte dieses Lächeln folgendermaßen beantworten können: Es gibt keine ärgere und tückischere Tyrannei als die Liebe. Mit Schwäche gepaart, besiegt sie die Abneigung und sogar die Gleichgültigkeit. Der Mensch kann sich aus ihrer Umschlingung nicht herausretten, auch das Tier nur selten. Es gibt keinen Harnisch, der ihr trotzt, da sie selbst die Weigerung entkräftet. Bedenken wir noch, daß die Stummheit des Tieres, das seine Sache nicht in Worte fassen kann, eine viel mächtigere Waffe ist als das unwiderstehlichste Argument. Denn was kann ich antworten auf ein Schweigen, das nicht den einen oder anderen meiner Standpunkte, sondern mein ganzes Sein angreift?

Und was möchte ich dieser Stille überhaupt sagen? Daß ich der Aufrichtigkeit ihrer Zuneigung nicht traue: denn was könnte sie auch an mir lieben, da sie mich nicht kennt? Darauf würde sie erwidern – insofern sie mich überhaupt einer Antwort würdigte –, daß sie mich berochen habe und somit kenne. Die Adhäsionsfläche, die ihre Leidenschaft brauche, habe sie an mir gefunden. Liebe dürfe nicht Verdienste wägen, sonst werde sie zum Handel. Ich könnte ihr, der Stille, noch sagen, daß die einzige klar erkennbare Pflicht des Menschen als Naturwesen in der Zeugung von Nachkommen besteht und daß es meinerseits ein Schwindel wäre, eine Hündin an Kindes Statt anzunehmen. Ich stehe noch in jenem Alter (in der Vollkraft meiner Männlichkeit, nicht wahr), in dem es mir nicht schwerfallen würde, für einige gesunde Sprößlinge zu sorgen. Soll ich vor dem Richterstuhl an ihrer Stelle ein junges und gänzlich unnützes Foxterrierweibchen vorzeigen? Und nun, um auf die unnütze Hündin selbst zu kommen, sollte ich sie dadurch beschämen, daß ich statt ihrer Person, jawohl Person, bloß meinen eigenen Mangel an ihr liebe? Soll sie sich zufriedengeben mit dem fahlen, geliehenen Licht eines anderweitig beschäftigten Herzens statt der unmittelbaren, geraden Strahlung der Liebe, die ihr zusteht? Sie muß doch einsehen, daß zwischen uns eine beiderseits ungesunde Beziehung entstehen würde. Ich halte es übrigens für zudringlich, daß sie ohne Anfrage und Erlaubnis sich in mein Leben einmischt und mir mit den unedlen Waffen ihrer Liebe, derer ich mich nicht erwehren kann, Zwang antut. Der Platz, den sie sich frecherweise in mir ausscharrt, wird mir selbst fehlen. Ich habe allein schon Kummer und Not genug und verspüre nicht die geringste Lust, meine Kraft, beziehungsweise meine Schwäche an zudringliche, abscheuliche Biester zu vergeuden.

Wie wir sehen, hatte Ancsa ein verläßliches, genaues Bild der menschlichen Moral, deren Geltung er auf die ganze lebendige Natur ausdehnte. Tieren und Pflanzen gegenüber glaubte er dieselbe Verantwortung zu fühlen wie gegenüber seinen Mitmenschen. Wir nehmen an, daß er während seines Lebens öfter in diese selbstgestellte Falle lief, wohl so manches Mal romantisch in derselben zappelte und mit Händen und Füßen strampeln mußte, um wieder herauszukommen. Doch jeder baut sich seine Hölle und sein Himmelreich nach eigener Façon.

Die Hündin aber wußte nichts von alledem, und wäre sie auch unterrichtet gewesen, so hätte sie den Ingenieur ebenso verwundert angestarrt wie damals, als er sie aus dem Haus wies. Im übrigen war sie zur Zeit mit anderen Fragen beschäftigt. Ancsas sahen drei Tage lang keine Spur von ihr. An einem Donnerstag stellte sie sich wieder ein, lange nach Ankunft des Pomázer Autobusses, der übrigens auch diesmal ohne den Ingenieur eingetroffen war. Die Tage wurden Ende März schon merklich länger, die Frau saß im dämmernden Garten auf einer Bank dem Tor gegenüber und las in einem Buch, während sie auf ihren Mann wartete. Plötzlich erschien die Hündin hinter dem Gitter. Im Nu kroch sie behend durch die Vertiefung, die doch um kein Haar tiefer geworden war, und lief auf die Frau zu. Bloß eine Minute hielt sie sich bei dieser auf. Sie zeigte ihre schlank gewordene Figur, spazierte einige Male mit der Gefallsucht eines Mannequins vor der Bank auf und ab, rannte dann plötzlich zum Gittertor, glitt wieder durch das Loch und verschwand in raschem Trab nach links auf der Landstraße. Sie wollte ihre Jungen nicht einmal so lange allein lassen, wie sie gebraucht hätte, um sich eingehender nach dem Verbleib des Ingenieurs zu erkundigen.

Ancsa verbrachte diese Nacht in seinem Pester Büro und kehrte erst am nächsten Tag spätabends heim. Er kam mit so viel Neuigkeiten beladen, daß seine Frau erst lange nach Mitternacht ihm vom Besuch der Hündin erzählen konnte.

An jenem Tag hatte man die Betriebe mit über hundert Arbeitern verstaatlicht und den Ingenieur zum Betriebsleiter der Fabrik für Bergbaumaschinen ernannt. János Ancsa stammte aus einer Salgótarjáner Bergmannsfamilie; sein Vater war Hauer. Auf Grund dieser Abstammung galt er heute trotz seiner Hochschulbildung als politisch zuverlässig. Sein Diplom als Bergbauingenieur hatte er 1919 an der Akademie zu Selmec erworben, und obwohl er während der Räteregierung im Jahre neunzehn als einer der ersten der Kommunistischen Partei beigetreten war, wurde er nach zehnjährigem Fasten zum Professor an der Soproner Hochschule ernannt. Ende 1939, als der Weltkrieg ausbrach, trat er in die Sozialdemokratische Partei ein.

Die Verstaatlichung der Großbetriebe und seine Ernennung zum Betriebsleiter betrachtete er als den Wendepunkt seines Lebens. Sein Sinn für Sauberkeit verlangte von ihm, möglichst alle schwebenden Fragen, die er bis dahin aus Bequemlichkeit oder Schwäche an den Nagel gehängt hatte, zu ordnen, um sich dann in voller Ruhe und mit ganzer Kraft seiner neuen, großen Aufgabe widmen zu können. Zu diesen schwebenden Fragen gehörte auch sein unklares Verhältnis zur Hündin. Da er einsah, daß er in dem wortlosen Ringen mit ihr ohnehin schon den kürzeren zog, beauftragte er seine Frau, den Besitzer des Tieres aufzusuchen und sich bei ihm zu erkundigen, ob und unter welchen finanziellen Bedingungen er geneigt wäre, sich von dem Tier zu trennen. Bei diesem Entschluß spielte sicherlich auch jene zartgetönte

Erzählung eine Rolle, in welcher Frau Ancsa, mit weiblicher Rührung in den Augen, heiter lächelnd über den Familienbesuch der Hündin berichtet hatte.

Die weibliche Einbildungskraft wurde vornehmlich von der unschuldigen Koketterie der jungen Hundemutter bezaubert, von ihrem stolzen Auf und Ab vor der Bank, von ihren selbstbewußten, laufstegreifen Wendungen und Drehungen, mit denen sie die Aufmerksamkeit auf ihre wiedergewonnene Schlankheit, also auf ihre gesunde Erleichterung gelenkt hatte.

Frau Ancsas Ergriffenheit entsproß zwar offensichtlich jener trüben Anziehungskraft, die das junge Tier für das kinderlose Ehepaar hatte, aber der Ingenieur, vor seine großen, neuen Aufgaben gestellt, verlangte von seinem Gewissen Freispruch. Er war der Überzeugung, daß der Grundsatz der Reinheit, wenn mit grausamer Pedanterie angewendet, unmenschlich, ja lebensfeindlich werden könnte.

Am nächsten Nachmittag stattete Frau Ancsa dem Herrn des Hundes, dem Obersten außer Dienst, einen Besuch ab. Obwohl dieser den unbrauchbaren Foxterrier, den ihm irgendein nach dem Westen entflohener Verwandter vererbt hatte, längst schon gerne losgeworden wäre, gab er der Kommunistin Frau Ancsa eine ausweichende Antwort. Er habe, sagte er, den Hund schon anderweitig versprochen; die Frau möge sich vielleicht in einer Woche erkundigen, ob das Tier abgeholt worden sei. Übrigens erweiterte sich im Laufe dieses Gesprächs die Biographie des Hundes kaum um einige Daten. Die Frau erfuhr nur so viel, daß er ein Jahr, höchstens anderthalb Jahre alt sein mochte und daß seine Jungen bis auf eines umgebracht worden waren. Als sie den Garten verließ, sah sie sich vergebens um, das Tier ließ sich nicht blicken. Es erwartete sie zu Hause, auf der Treppe vor der Tür. Gegen seine Gewohnheit sprang es nur ein- oder zweimal in die Höhe; dann trank es schnell die Milch, die ihm Frau Ancsa mit eingebrocktem Brot vorgesetzt hatte, und galoppierte sofort zu seinem einzigen übriggebliebenen Welpen zurück.

Nachts, während sie ihren Gatten erwartete, grübelte Frau Ancsa mit schmerzlich süßer Beklemmung in ihrem noch jungen Herzen darüber nach, ob der Instinkt wohl rechnen oder zumindest zusammenzählen und abziehen könne. Bemerkt wohl eine Hündin, wenn man ihr eines von fünf Jungen nimmt? Oder zwei? Oder drei? Ob, wenn man ihr nur eines beläßt, ihr nur so viel auffällt, daß das Gedränge um sie geringer, das Winseln und Blaffen leiser geworden ist, daß weniger zu waschen bleibt als vormals, und daß sie nur mehr mit einer einzigen ihrer vielen Zitzen stillen darf? ... Oder ob sie jene, die fehlen, auch persönlich vermißt? Denn was würde solche Mutterliebe taugen – auch vom Standpunkt der auf Vermehrung lüsternen Natur –, die sich mit einem Bruchteil begnügte, wo sie doch ein Anrecht aufs Ganze hätte?
Am nächsten Vormittag spazierte die Frau zufällig am Garten des Obersten vorbei. Die Hündin lag unweit vom Zaun auf dem sonnigen Rasen, etwas auf der Seite, und hielt unter dem erhobenen Vorderbein einen weißen, schwarzgetupften Haarballen, der mit immer neuem Anlauf, unter wütenden kurzen Bewegungen seines winzigen Schwanzes, sich wie eine leidenschaftliche Saugpumpe an einer Brustwarze betätigte. Die Hündin sah die Frau, hob den Kopf, warf unter den weißen Wimpern einen leuchtenden, schwarzen Blick nach ihr und wedelte dreimal mit dem Schwanz. Sie schien zufrieden, ruhig und glücklich zu sein. Die Frau seufzte und ging weiter. Auch in den folgenden Wochen, als Frau Ancsa schon mehr Zeit in der Gesellschaft des Tieres verbrachte – es beteiligte sich hie und da sogar an ihren Spaziergängen –, konnte man feststellen, daß die Hündin nichts von ihrer Lebensfreude eingebüßt hatte. Nur nach dem Verlust ihres letzten Jungen, das der Oberst seinem Freund, einem Abgeordneten der Kleinlandwirte-Partei in Szentendre geschenkt hatte, ließ sich an ihr zwei oder drei Tage lang eine seelische Ermattung beobachten.

Ein neues Kapitel begann in Nikis Leben, als Ancsa sie zum ersten Mal mit Namen rief. Wie wir schon sagten, hatte das Paar Niki auch unter sich immer beim Artnamen genannt. Ihr eigenster, privater Name war höchstens der Frau hie und da herausgerutscht, und auch das erst, als das Verhältnis dank der geduldigen Unverschämtheit des Hundes allmählich inniger wurde.

Endgültig wurde der Name jedoch erst ins Wörterbuch des Ehepaares aufgenommen, als die Verbindung zwischen ihnen und Niki rechtlich geregelt worden war. Zwar überließ ihnen der Oberst die Hündin nicht, er schenkte sie lieber eilends einem Bauern am Dorfrand, der die tüchtige Rattenfängerin nach einigem Zureden annahm; aber Niki ging diesem nach zwei Tagen durch und flüchtete, als der Oberst sie aus seinem Garten vertrieb, schnurstracks zu Ancsas. Die Frau erstand sie für zehn Forint vom Bauern.

Vorher aber fuhr Frau Ancsa nach Pest, zum Rudolfsplatz (dem heutigen Mari-Jászai-Platz), wo die Kommunistische Partei dem Ehepaar eine Wohnung hatte zuweisen lassen. Sie sah sich die Umgebung genau an, um zu erforschen, wo sie die Hündin spazieren führen könnte, und ob Niki hier überhaupt Platz zum Auslaufen haben würde. Vor dem Haus lag ein kleiner öffentlicher Garten, aber da spielten zu viele Kinder. Ein besser geeigneter, sogar hervorragender Spazierplatz schien dagegen der Rudolfskai längs der Donau zu sein, der, den schönen Bergen von Buda gegenüber, sich auch als menschliche Promenade zu bewähren versprach. Im übrigen war die neue Wohnung, die durch Teilung einer größeren entstehen sollte, noch keineswegs fertig. Nach Frau Ancsas Berechnungen war vor Juni oder Juli an den Einzug nicht zu denken, so daß die Familie den prächtigen Frühling und den Frühsommer noch in Csobánka verbringen würde.

Die physischen und geistigen Tugenden und Gebrechen des Hundes offenbarten sich tatsächlich erst nach der Gründung der engeren Hausgemeinschaft. Der Ingenieur bemerkte nicht viel davon. Jede zweite oder dritte Nacht verbrachte er an seinem Pester Schreibtisch, und wenn er in Csobánka schlief, kam er meistens so müde und so sehr von seinen eigenen Angelegenheiten erfüllt nach Hause, daß er höchstens für seine Frau eine zärtliche Liebkosung und einiges besorgte Interesse übrig hatte. Den Hund sah er fast nur Sonntag nachmittags, da er den Vormittag ebenfalls im Betrieb zu verbringen pflegte.

An einem solchen Nachmittag stellte Niki eine ganze Musterkollektion ihrer körperlichen Gewandtheit, ihrer Kraft, Courage und Ausdauer zur Schau. Sie spazierten auf den Hügeln oberhalb der Gemeinde, als aus einem Weizenfeld unerwartet ein Hase hervorsprang, höchstwahrscheinlich der erste Hase in Nikis Leben. Es war auch weniger ein Hase als ein erdfarbenes, blitzschnelles Huschen, das für eine Sekunde zwischen den bebenden Halmen auftauchte, einen leuchtenden weißen Flecken unter dem Schwänzchen aufblinken ließ und in den zusammenschlagenden Wogen wieder verschwand. Hunde achten in der Regel auf alles und verfolgen, was vor ihnen flieht. Auch Niki wurde vermutlich nicht von der Erscheinung selbst, deren Subjekt ihr nicht bekannt sein konnte, sondern von deren plötzlichem Verschwinden zur schleunigsten Betätigung ihrer Beinmuskeln angeregt. Im Nu verflüchtigte sie sich im Weizenfeld.

Lange Zeit hörte man nichts von ihr. Ancsas warteten eine Weile, dann setzten sie ihren Spaziergang fort. Sie hatten schon eine gute Strecke zurückgelegt, als ein fernes, doch rasch nahendes Gebell an ihre Ohren drang. Als erster sprang der Hase auf den mit schütterem Gras bewachsenen Hang, wo hier und dort einige Rosenhecken und Weißdornbüsche ihren lockeren Schatten hüteten. Der gestreckte weiße Körper des Hundes schnellte wenige Meter hinter dem Hasen aus dem niedrigen Akaziengesträuch hervor, das auf dem Scheitel des Hügels wucherte. Sie rannten geradeaus auf den Rainweg zu, wo Ancsas gingen. Das gehetzte Wild wurde in seinem blinden Schrecken der beiden anscheinend nicht gewahr. Das Ehepaar stockte; die plötzliche Überraschung und die darauffolgende fröhliche Erwartung hemmten nicht nur den nächsten Schritt, sondern auch den Atem in ihrer Lunge. Sie starrten reglos der Hetze entgegen, die mit Windeseile näherkam.

Niki spurtete unwahrscheinlich schnell; ihre etwas zu langen, wenig vorschriftsmäßigen Beine, die jeden erfahrenen Terrierzüchter zu wildem Hohngelächter gereizt hätten, brachten sie dem flüchtenden Hasen von Sprung zu Sprung näher. Auch das abfallende offene Gelände kam ihr offensichtlich zu Hilfe. Als der Verfolgte den Pfad unmittelbar vor den Füßen des Ehepaars erreichte und mit einem langen Satz über die dichten Brennesselbüsche am Wegrand flog, stieß die Frau vor Aufregung einen leisen Schrei aus: nur noch ein Sprung trennte Nikis Schnauze von der steif ausgestreckten Blume des Wildes, dessen roher Fellgeruch dem Ehepaar in die Nase schlug.

Der Ingenieur ergriff die Hand seiner Frau mit einer zarten, beschwichtigenden Bewegung. »Keine Angst«, sagte er, »das ist ein alter, erfahrener Hase, den kriegt sie nicht.«

Obzwar die Heldin dieser Erzählung eine rein dem Luxus dienende und für die Gesellschaft völlig unnütze Hündin ist und Ancsas in dieser Geschichte nur als Zubehör, als Nebenpersonen auftreten, und obwohl es also nicht zu unserer Aufgabe gehört, die Seelenzustände des Ingenieurs im einzelnen auszumalen, möchten wir feststellen, daß sein Männergemüt nun von zwei entgegengesetzten Empfindungen erhitzt wurde: einerseits vom menschenfreundlichen Wunsch, daß die Seelenruhe seiner sanften Ehefrau keinen Schaden durch den blutigen Anblick eines zerrissenen Hasen erleide, andrerseits von der aus seinem Gedärm aufsteigenden wilden Begierde, der Jäger möge das gehetzte Wild einholen, ihm an die Kehle springen, seine Beute zu Boden werfen, die röchelnde Gurgel durchbeißen und, seine Vorderbeine auf den Leichnam des Hasen stemmend, mit seiner roten Zunge das Blut auflecken, das aus dem Maul des bezwungenen Opfers sickert. Dieses ungezogene Männergelüst huschte selbstverständlich nur während eines einzigen Augenblicks durch die Seele des Ingenieurs, so gut wie unbemerkt, und jedenfalls ohne Wirkungen und Einfluß auf seine moralische Haltung; was auch dadurch bewiesen wurde, daß er im Moment, als der Hase unmittelbar vor seinen Füßen die Brennesseln übersprang und sogleich in einer Vertiefung verschwand, die Hand seiner Frau – wohl vor Erleichterung – zweimal hintereinander krampfhaft drückte.

Seine Prophezeiung, ihr junger Hund würde den alten erfahrenen Hasen nicht erlegen, bestätigte sich natürlich. Der Wettlauf der beiden leichten, zierlichen Tiere setzte sich zwar jenseits des Weges noch eine Weile fort, mit so schönen, glatt ineinandergreifenden Bewegungen, als handele es sich dabei um eine Ballettvorführung und nicht um den blutigen Kampf auf Leben und Tod. Doch binnen kurzem errang sich der Hase unvermutet einen Vorsprung, den Niki kaum mehr einzuholen vermochte.

Am Rand eines dichten Gestrüpps angelangt, schlug der Verfolgte plötzlich einen Haken, lief weiterrasend am Hund vorbei, der nicht rechtzeitig bremsen konnte, und verschwand mit einem weiten Satz zwischen den Büschen. Obwohl das gereizte Gekläff der ihm nachsetzenden Niki noch geraume Zeit, aus immer größerer Entfernung, zu hören war, hatte das schlaue Biest die einfältige Hündin offenbar endgültig übertölpelt. Niki schloß sich den Ancsas erst nach einer guten halben Stunde wieder an, keuchend, mit weit heraushängender Zunge, auf einem Hinterbein hinkend und mit dem blöden Ausdruck der Niederlage auf dem weißen Gesicht.

Aber die übelgelaunte Scham, die wir ebensogut als körperliche und seelische Erschlaffung deuten könnten, dauerte nicht lange an. Schon einige Minuten später hatte Niki aus den unermeßlichen Kraftquellen ihrer Jugend wieder ein solches Maß an Wohlbehagen geschöpft, daß die Wiese um sie herum geradezu auflebte, als wolle sie das Tier mit ihrem ganzen mikrokosmischen Dasein, mit allen ihren lebendigen Atomen in ein Spiel verwickeln. Hier zog der smaragdgrün glänzende Schweif einer Eidechse Nikis heftig schnupperndes Pechschnäuzchen an, dort wurde sie von einer dahinsurrenden Libelle zu einem Luftsprung verlockt, von einer Hummel zum ohrversteifenden Horchen gebracht. Bald bauschte der warme Sommerwind die Haare ihres

Schwanzes, bald blies er ihr in das offene Maul, unter die reichlich sabbernde Zunge. Eine Biene kreiste vor ihrer Schnauze und ließ die wild schnappenden Kiefer der Hündin spöttisch nach ihren dünnen Jazzweisen tanzen. Dann wurde es still; so heiß und sommerlich still, daß man selbst das Gleiten der Schatten im Grase vernahm. In diesem Schweigen ertönte eine dem menschlichen Ohr unhörbare Stimme, die Niki jäh zum Anhalten brachte. Ihr Fell sträubte sich, und aus ihrer gepreßten Kehle drang ein langgezogener Klagelaut, der wie die chromatische Tonleiter des Vergehens klang. Die Frau sah den Hund erschrocken an. Aber Niki kehrte im nächsten Augenblick wieder in ihre ahnungslose Jugend zurück und warf sich mit schrägen Bocksprüngen einem Maikäfer nach, der wie ein Hubschrauber in die Luft stieg.

Gesundheit behext einen immer, in welcher alltäglichen Form sie sich auch kundgibt. Nikis Geschichte ist eigentlich nichts anderes als ein genauer Bericht von der Gesundheit. Wir bewegen uns derzeit in jener Epoche ihres Lebens, in welcher jugendliche Anmut die schon an und für sich schöne Gesundheit weiter erhöht und in welcher gerade das entzückt, was vorläufig noch fehlt: die künftige reife Vollendung des Leibes und der Seele. Die übertriebenen, linkischen Gebärden, die mitunter auf ergötzliche Weise ihr Ziel verfehlen, die heiße Neugierde, die die Nase in alle Löcher steckt, um sie manchmal erschrocken, schnaubend wieder herauszureißen, das zeitweise Täppische, Klotzige, Ungeschlachte, das ein Unterpfand der späteren Glätte und Kraft ist, all dies erscheint so heiter und vertrauenerweckend, daß es vermutlich zustandebrächte, selbst das erfahrene, bittere Alter vom Unverstand seines prophetischen Wehgeschreis zu überzeugen. Der warme Sommernachmittag, der sich bereits zur Dämmerung neigte, tauchte die hügelige Gegend des Pilisgebirges in kräftig spiegelnde Farben und führte die gesunde Lebenskraft der jungen Hündin ihrem Höhepunkt zu. Niki stillte ihren Durst mit lautem Schlabbern an einer Quelle; das kühle Wasser tropfte perlend von ihrem Bart. Sie blaffte ein paarmal das Wasser an, als ob sie ihrer Zufriedenheit Ausdruck geben wollte. Von den Hängen des Nagykevély kam ein kühles Lüftchen und ließ die äußersten Blätter der Büsche erschauern. Niki machte halt, horchte gespannt mit schräggestelltem Kopf, dann bellte sie die Blätter an. Sie besah sich alles, prüfte alles, ihr unermüdlicher, kräftiger Körper ruhte keinen Augenblick, und wenn sie manchmal für die Dauer eines Atemzugs dennoch stillstand und, eine Pfote graziös gehoben, in die Welt hineinlauschte, bewegten sich ihre schwarzen kleinen Nüstern so schnell und aufgeregt, als wollte sie ein Inventar von allen Düften und Gerüchen des Pilisgebirges aufnehmen. Es war deutlich zu sehen, daß Niki sich ihres Daseins freute.

Auch der Ingenieur fühlte sich wohl. Seine gegenwärtige Lebensstufe glich der der Hündin darin, daß er ebenfalls, und sei es mit ergrauendem, ja fast schon kahlem Kopf, seit einiger Zeit immer neue Entdeckungen in der Welt machte und diese nicht nur zu seiner eigenen Erbauung, sondern zum Nutzen seiner Mitmenschen auswerten konnte. Seine Arbeit befriedigte ihn; und obschon er zahllose technische Schwierigkeiten und noch viel größere psychologische Hindernisse vor sich sah, wuchs seine besonnen männliche Begeisterung im Verhältnis zur Aufgabe. Seine Menschenliebe und seine berufliche Einbildungskraft wurden gleichermaßen vom Aufbau einer neuen Gesellschaft angespornt. Auch die offenkundige Glückseligkeit seines Hundes nährte in ihm die Zufriedenheit. Lächelnd sah er zu, wie das Tier lebenshungrig und spielerisch herumtollte. Als man sich auf den Heimweg machte, rief er es mit einem Pfiff zu sich; zum erstenmal im Leben! Niki, die sich auf den fernen Hügelrücken herumtrieb, hielt sofort an und blickte, die Beine gesteift, den Schädel seitwärts gesenkt, auf den Pfad hinab, der sich durch das Tal schlängelte. Auf den zweiten Pfiff lief sie Hals über Kopf darauflos und beendete ihr Rennen mit einem wilden Freudensprung, der den Ingenieur beinahe aus dem Gleichgewicht brachte. Ancsa legte die Hand beruhigend auf Nikis Schädel und nannte die Hündin beim

Namen. Mit dem dankbaren Blick, der ihn als Antwort von unten traf und lange auf seinem Gesicht verweilte, nahm dieser schöne Sommerspaziergang wie mit einem gefühlvollen Schlußakkord ein Ende.

In Nikis Leben, sagten wir, fing ein neues Kapitel an, als sie mit Ancsas zusammenzog. Vor allem gilt das für die Entfaltung ihres Verstandes und ihrer Gefühle. Offenbar lebten in der jungen Hündin schon etliche wirre Vorstellungen vom Verhältnis zwischen Hund und Herrn; davon zeugte der bereitwillige Gehorsam, den sie Ancsas Pfiffen erwies. Hatte aber ihr erster, stiefväterlicher Besitzer, der kommandotüchtige Oberst, ihren Nerven nicht eine verzerrte und hysterische Art von Disziplin anerzogen, war Nikis sanfte Weiblichkeit nicht durch die Gemütsschwankungen des grimmigen Soldaten bereits verletzt worden? Ancsa hatte die Hündin einmal aufdringlich und rücksichtslos genannt, und wir wissen, mit welcher freundlichen Hartnäckigkeit sie sich nach Weiberart ihren Weg bahnte, wenn es um ihre Daseinsinteressen, um die Eroberung ihrer neuen Herren ging – aber hatte sie auch für den Alltag ihr gesundes tierisches Selbstgefühl bewahrt? Manch grundloser Schreck, manch nervöses Sichducken, vor allem, wenn Leute laut haderten und zankten, wiesen darauf hin, daß sie irgendwie verängstigt war. Einmal spazierte der Oberst mit einer Gesellschaft in lebhaftem Gespräch am Gartenzaun vorbei; das Tier zog den Schwanz ein und verdrückte sich hinter das Haus.

Wir haben bereits den wohl auf keine Weise zu rechtfertigenden Standpunkt des Ingenieurs dargelegt, demzufolge er sich mit der Verantwortung gegenüber seinen Mitmenschen nicht begnügte, sondern diese auch auf Tiere, ja auf ihm anvertraute Pflanzen ausdehnte. Wenn er einen Topf mit Geranien heimbrachte, mußten die Blumen einen luftigen, sonnigen Platz erhalten, genügend Wasser und fachmännische Pflege. Wenn er ein Tier in seine Familie aufnahm, sorgte er nicht nur für dessen leibliches Wohl, sondern er ehrte in ihm die Persönlichkeit. Auch Nikis kleiner, unbedeutender Person wurde vom ersten Tag an eine angemessene, taktvolle Behandlung zuteil. Wir wissen, daß Ordnung sein muß, mehr noch in revolutionären Zeiten als in ruhigeren Epochen, aber das Ehepaar hielt dafür, daß der Mißbrauch der menschlichen wie der tierischen Folgsamkeit auch von der Ordnung her gesehen wenig fruchtet. Niki mußte nie erleben, daß man in stupidem Machttaumel ihre Freiheit versehrte. Es kam nicht vor, daß man aus bloßer Laune oder kleinlichem Rachedurst in die winzigen Sphären ihres Lebens hineintrampelte. Von bösem Willen konnte in dieser Familie ohnehin nicht die Rede sein. Es kam aber auch selten, vielleicht nie vor, daß Niki von ihren Vorgesetzten, das heißt ihren Besitzern, aus Leichtsinn oder Denkfaulheit zu etwas gezwungen wurde, was die Interessen ihrer kleinen Gemeinschaft nicht rechtfertigten. Der Mißbrauch der Macht, diese Berufskrankheit jedes Königs, Feldherrn, Diktators, jedes Betriebsleiters, Abteilungschefs, Sekretärs, jedes Stallburschen und Hirten, jedes Familienoberhauptes, Erziehers und älteren Bruders, jedes Greises und Jünglings, der anderen beseelten Geschöpfen vorsteht, diese Sünde, Seuche und Fäulnis des Menschen, die außer ihm keine blutrünstige Bestie kennt, dieser Fluch und die Lästerung, dieses Verderben und diese Pest fanden im Hause der Ancsas keinen Einlaß. Der milde Kreis der Zucht, in den sie den Hund zum gemeinsamen Wohl sachte hineinzogen, blieb durchsichtig und durchlässig, offen an allen Punkten gegen die weite Welt der faßbaren Notwendigkeiten.

Im Sinne dieser Zucht verzichtete das Ehepaar auf alle Gewaltmittel. Niki wurde nie geschlagen, nicht mit dem Stock, nicht mit der Hand und nicht mit der Stimme; wo sie mit ihrem engen Terrierverstand nicht emporzuklettern vermochte, wurde sie an der lockeren Leine der Liebe hinaufgeführt. Von der ersten Minute an nahm sie die Weisungen des Ehepaars erstaunlich gelehrig und bereitwillig entgegen, selbst wenn sie schwer auszuführen waren. Die Verordnung zum Beispiel, daß sie während der Mahlzeiten nach keinem Bissen verlangen durfte, was die Menschen so ausdrücken: *daß sie nicht betteln durfte*, schien erschreckend unvernünftig. Den Umstand, daß allein ihre Herren aßen, ja sehr lange und sehr viel aßen und daß dabei der eine oder andere vor lauter Wohlgefallen sogar zu schmatzen begann, während sie selbst mit knurrendem Magen warten mußte, bis jene ein weißes Stäbchen in den Mund nahmen, ein winziges gelbes Flämmchen auflodern ließen und sodann übelriechenden Rauch aus ihren Mundhöhlen bliesen – all das hätte eine argwöhnischere oder schlauere Hündin dahin ausgelegt, daß die Menschen ihr das Beste wegfraßen und nur den Abfall übrigließen. Dem widersprach aber die Tatsache, daß man oft gerade die hervorragendsten Stücke, nämlich die Knochen, auf Nikis grünglasierten kleinen Tonteller legte. Ebenso unverständlich schien, daß ihre Herren zwar öfters einer fetten, vor Angst unmäßig kreischenden Henne nachsetzten, sie auch fingen und forttrugen, Niki hingegen dieses köstliche Vergnügen stets verwehrten. Gänzlich sinnlos und willkürlich kam ihr ferner die Verfügung vor, derzufolge sie im Garten auf einem umgrenzten Teil der Grünfläche nicht umherwandeln und ihre Notdurft verrichten sollte, auf dem übrigen Gebiet hingegen tun und lassen konnte, was ihr gefiel. Von allen Vorschriften blieb ihr aber am unbegreiflichsten die Vorschrift, die sie des Grundrechts beraubte, sich im fauligen tierischen Abfall, im erfrischendsten aller Duftstoffe zu wälzen – eine Regelung, die die Welt in Nikis länglichem weißem Schädel beinahe auf den Kopf stellte und daselbst heftige Zweifel an der Vernunft ihrer Herrschaften weckte. Dieses allerunsinnigste Verbot rührte wohl von irgendeinem uralten Aberglauben, von einem mystischen Seelenzustand der Besessenheit her, der dem Menschengeschlecht zeitweilig seine nüchterne Einsicht und Urteilskraft raubte.

Aber der junge Hund eignete sich sogar diese dem gesunden Hundeverstand in lächerlicher Weise widersprechenden Gebote der Hausordnung an und gab seinen betrübten Zweifeln höchstens Ausdruck, indem er sich vor die Füße seines Herrn hinhockte, die Augen mit den weißen Brauen zu ihm erhob und ihn minutenlang unentwegt anschaute, unbekümmert, ob man seine Blicke erwiderte.

Alles in allem dürfen wir feststellen, daß Ancsas ein gelehrig veranlagtes, ehrliches junges Tier in ihren Haushalt genommen hatten, das sich anscheinend gern in die sanfte Welt der menschlichen Sitte einfügte.

Die Familie Ancsa zog Anfang Oktober nach Budapest um, mithin an die drei Monate später, als die Frau es sich in ihrem heiteren Skeptizismus ausgerechnet hatte. Als die Maurer fertig wurden, beträchtlich später, als sie es versprochen hatten, mußte man drei Wochen lang auf den Weißbinder warten, und als dieser sich endlich einstellte, war die Wasser- und Strominstallation noch nicht beendet, so daß der vielbeschäftigte Mann die Wohnung nur zur Hälfte anstrich und dann für längere Zeit wieder verschwand. Der Glaser schnitt die fehlenden Fensterscheiben zurecht, vergaß aber zwei von ihnen; zwei weitere Scheiben wurden vom Parkettleger zerschlagen. Die Elektrizitätswerke schlossen den Stromzähler nicht an, die Gaswerke lieferten keinen Kochherd. Auf der Toilette floß kein Wasser. Während der ersten Woche nach dem Einzug rissen zwei Rolläden.

Die Hündin, die an den Wirren der Vorbereitung, die nur den Menschen reizvoll vorkommen, keinen Anteil nahm, gewöhnte sich schnell an die neue Wohnung – etwas langsamer und mit einer leicht verblüfften Neugierde an die städtische Umgebung. Das milde Unterrichtssystem des Ehepaars Ancsa leitete sie aber ohne größere Unglücksfälle in ihr neues Leben hinüber.

Niki war in eine gänzlich fremde Welt geraten. In den ersten Tagen lief sie nur mit eingezogenem Schwanz auf der Straße. Sie lernte die Leine kennen. Dies vertrug sie verhältnismäßig gut, ja, es ist zu vermuten, daß sie in ihrer großen Verlassenheit gerne angeleint ging; der Streifen Leder schuf eine unmittelbare körperliche Verbindung mit ihren Herren und schien ihr eine Art Schutz darzustellen. Des Schutzes aber war Niki offenbar in hohem Maße bedürftig, sogar in höherem Maße, als Ancsas ihn gewähren konnten – welchen Maß- und Höhenunterschied sie dann mit unaufhörlichem, lautem, tollkühnem Gebell auszugleichen strebte. Wie eine schlachtbereite Armee mit Marschmusik, flößte sie sich Mut mit Bellen ein. Je mehr sie sich fürchtete, um so wütender kläffte sie.

Wenn ein Straßenbahnwagen an ihr vorbeiklingelte, preßte sie sich vor Schreck mit einem einzigen nervösen Satz platt gegen eine Hauswand und bellte dann dem sich schon entfernenden Vehikel nach. Die beiden Vorderbeine steif gegen den Boden gestemmt, den Schwanz waagerecht ausgestreckt, an ihrem ganzen kleinen weißen Körper zitternd, bellte sie so blutrünstig, scheinbar zum Angriff, ja zur Verfolgung bereit, daß die gespannte Leine sie fast erdrosselte. Sie bellte auch die Pferdewagen an, erst das Gespann, dann den Wagen; aber wenn das Fuhrwerk einmal zufällig neben ihr am Straßenrand hielt, schleppte sie Frau Ancsa unter den nächsten Torbogen und riß die Begleiterin vor Entsetzen fast zu Boden. Niki bedrohte auch die Autos, obwohl sie sie merkwürdigerweise weniger scheute als die von Pferden gezogenen Fahrzeuge. Bei diesen stellte sie sogar eine Rangliste auf: sie empfand mehr Ehrfurcht vor den riesigen Mecklenburgern oder Holsteinern der staatlichen Fuhrunternehmen als vor den abgetriebenen Schindmähren des Privatsektors, die die schäbigen Möbel eines umziehenden Haushalts transportierten. Aber sie bellte auch die Fahrräder an, vor allem wenn sie klingelten, und die Fußgänger, wenn sie massenhaft kamen oder sich laut unterhielten; bellte die Hunde, die Katzen, die Spatzen an; sie bellte, Shakespeares Feldherren ähnlich, alles an, was ihr Schrecken einjagte. Tagsüber bellte sie das Lichtbündel an, das ihr ein sich öffnendes Fenster entgegenwarf, abends die Schatten. Sie bellte die ganze Hauptstadt an. Niki mochte sich in diesen ersten Tagen einem Bauernmädchen ähnlich fühlen, das zum erstenmal aus ihrem Dorf in die Großstadt verschlagen wurde.

Etwa acht Tage nach dem Umzug nahm der Ingenieur die Erziehung, besser gesagt die Gewöhnung seines Hundes an das städtische Leben selber in die Hand. Er hatte dafür Zeit genug, da er nicht mehr ins Büro ging. Mitte Oktober wurde er über Nacht seines Postens als Betriebsleiter der Fabrik für Bergbaumaschinen enthoben, und man wies ihm vorerst keine neue Arbeit zu. Diese Verfügung, die ihn so unerwartet traf, als wäre ihm seine Frau nach achtundzwanzigjähriger glücklicher Ehe plötzlich davongelaufen, wurde nicht begründet; es gab nur vage Gerüchte, denen Ancsa keinen Glauben schenken wollte. Er hatte noch im August einen aus den Arbeiterkadern hervorgezogenen Angestellten, der gute Verbindungen zu einem hochgestellten Parteifunktionär besaß, auf dem Disziplinarwege entlassen. Angeblich wurde Ancsa von diesem Angestellten durch einen ungünstigen Kaderbericht *abgesägt*. Der Bericht lieferte einen guten Vorwand für die zuständige Hauptabteilung des Ministeriums, welche dem Funktionär bereitwillig zu Diensten stand. Selbstverständlich wurde der Ingenieur auch diesmal von jenem besessenen Verantwortungsgefühl ins Verderben gestürzt, das in einem mückengroßen Schwindel einen Elefanten von einem Verbrechen sieht, und das mit unverzeihlicher Übertreibung denjenigen, den es bei einer Schufterei ertappt, einen Schuft nennt. Der Entlassene hatte im Betrieb lediglich viertausend Forint unterschlagen und Maschinenbestandteile im Wert von zweitausend gestohlen, aber Ancsa weigerte sich in seinem lächerlichen Übereifer trotz ministerieller Fürsprache, diese unerhebliche Angelegenheit zu vertuschen, die doch von jedem nüchternen Realisten mit einem Achselzucken übergangen worden wäre. Unverständliche Haarspaltereien: es lohnt sich nicht, darüber mehr Worte zu verlieren.

Der Vorfall hatte den Ingenieur, da er dem offenbar böswilligen Gerede kein Ohr lieh, zwar tief erschüttert, aber nicht gebrochen. Er suchte die Fehler in sich selbst, und er fand sie, wie alle gewissenhaften Leute, dutzendweise vor. Diese Selbstprüfungen unternahm er meistens in der Gesellschaft seines Hundes, während der großen Spaziergänge, die sie zu zweit am Donauufer zu machen pflegten. Hier wurden Nikis Nerven von keiner Straßenbahn und keinem Auto bestürmt, sie konnte ihrer Phantasie und ihren Muskeln nach Herzenslust die Zügel schießen lassen sowie nützliche Bekanntschaften mit Hunden aller Arten und Klassen schließen. Der Kai war zwar gepflastert, weshalb er sich weniger als die Hügel von Csobánka zum federnden Rennen eignete, aber weiter oben, jenseits der Kirche an der Preßburger Straße, fanden sich hier und dort auch leere Grundstücke mit einigen rostigen Büscheln Gras, manchem verkümmerten Akazienbusch und mit weichem, sandigem Boden.

Der Oktober war schön und warm, der sanfte Herbstgeruch der Donau durchspülte die rauchige Luft der Stadt, und von der Gegenseite schickten auch die rotbewaldeten Budaer Berge mitunter einen flüchtigen Gruß herüber, der nach dürrem Laub duftete. In der Dämmerung, wenn die Lampen aufleuchteten, fing der Strom an, seine mondfarbenen Spiegelbilder zu wiegen, oder er zerzauste sie bei einem Windstoß zu schmalen goldenen Blinklichtern, die auf dem Rücken einer winzigen Welle irgendwo zwischen den beiden Ufern zergingen. Von Zeit zu Zeit schloß sich dem abendlichen Spaziergang auch ein neuer Bekannter an, neu für Niki wenigstens, denn mit dem Ingenieur war er, wie wir bald genauer erfahren werden, seit langem eng befreundet. Der riesenhaft gebaute, fast zwei Meter hohe Mann mit dem runden Schädel, dessen kurzgeschorenes Haar nie einen Hut kennengelernt hatte, mit der dicken, fleischigen Nase und den abstehenden Ohren – welche er, zum Heidenspaß von Kindern und simpleren Erwachsenen überaus flink, als wären sie von besonderen Muskeln bedient, der Längs- und Querrichtung nach bewegen konnte – schloß sich eines Abends dem Ingenieur an, als dieser aus dem Tor zum Spaziergang heraustrat. Mit seiner ungeheuren Massigkeit erschreckte er wahrscheinlich den Hund; als Niki seiner ansichtig wurde, sprang sie plötzlich zurück, wich vom Bürgersteig und fing an, unmäßig zu kläffen.

Der Mann drehte sich um und schaute sich das aufgeregte kleine Ding eine Zeitlang wortlos an.

»Gehört er dir?« fragte er den Ingenieur.

Im weiteren Verlauf des Abendspaziergangs, der der Bejahung folgte, sprach der Neuankömmling kaum noch etwas; wir haben die obigen drei Worte nur wiedergegeben, um den Leser zu überzeugen, daß er nicht stumm geboren war. Vince Jegyes-Molnár – so hieß er – hatte früher als Bergmann im Solgótarjáner Kohlebecken lange Zeit an der Hand des alten Ancsa gearbeitet, bis ihn die Kommunistische Partei 1947 nach Pest schickte, auf die Abenduniversität und als praktischen Berater in die Entwurfsabteilung der Fabrik für Bergbaumaschinen. Den Ingenieur hatte er schon in der Kindheit gekannt, und die dünnen Fäden der Jugendfreundschaft festigten sich nun im Betrieb. Wie erwähnt, sprach Jegyes-Molnár an diesem Abend kaum fünfzig Worte. Er besuchte den Ingenieur zum erstenmal in dessen Wohnung. Die Annahme liegt auf der Hand, daß er mit seiner Gesellschaft – wenn anders die bloße Gegenwart seiner Leibesfülle als Gesellschaft zu bezeichnen ist – Ancsa über die erlittene Kränkung hinwegtrösten wollte. Er überlegte sich wohl nicht, ob ihm seine Vorgesetzten übelnehmen mochten, daß er sich mit dem in Ungnade Gefallenen abgab; oder, falls er es sich überlegt hatte, schien er sich nicht darum zu kümmern. Auch während der folgenden Wochen besuchte er seinen ehemaligen Chef alle zwei oder drei Tage.

Niki aber fiel es schwer, sich mit ihm anzufreunden. Solange man auf dem Kai herumging, scherte sie sich kaum um ihn, da sie anderweitig beschäftigt war; als er sich jedoch mit ihrem Herrn auf die Kaitreppe niederließ, schlenderte sie auf ihn zu und beroch seine Füße.

Jegyes-Molnár beugte seinen großen fleischigen Kopf vor und betrachtete schweigend die Hündin. Sie schnüffelte weiter. Keiner gab einen Laut von sich. Nach einer Weile jedoch, als das Tier in Jegyes-Molnárs Gesicht aufschaute, setzte dieser seine Ohren in

Bewegung. Erst drehte er sie waagerecht nach vorn, dann ließ er sie senkrecht an seinem Kopf entlanggleiten.

Niki stierte ihn zunächst wie versteinert an. Jegyes-Molnár schwieg, getreu seiner Gewohnheit. Als er aber auch zum zweitenmal die Ohren bewegte, sträubte sich das Fell der Hündin, und sie fing an, leise winselnd rückwärts zu weichen. Jegyes-Molnár ließ seine Ohrmuscheln stillstehen. Niki maß ihn eine Zeitlang voller Argwohn, dann stelzte sie mit der gebotenen Vorsicht, die Beine behutsam hebend, als ob sie zwischen spitzen Pfählen ginge, näher und näher. Sie war die angespannte Aufmerksamkeit selbst. Den Kopf nach vorn gestreckt, den Schwanz nach hinten, die beiden Ohrlappen, die sonst locker in der Luft flatterten, dicht am Schädel emporgerichtet, bohrte sie ihren forschenden schwarzen Blick ohne zu zucken starr ins Gesicht des Fremden. Dieser winkte auch zum drittenmal mit den Ohren.

Die Wirkung war ungeahnt. Die Hündin warf sich heulend in die Höhe, rückwärts, so daß sie fast ins Wasser stürzte, drehte sich dann um und galoppierte mit rasender Geschwindigkeit fort; sie riß ihren Schwanz zwischen die Beine, legte die Ohren an und zeigte alle hündischen Symptome des höchsten Entsetzens, wie sie wohl einzig von der Drohung ewiger Verdammnis einem aus der Seele gepreßt werden. Im nächsten Augenblick sah man keine Spur mehr von ihr. Die beiden Männer blieben noch eine Weile sitzen, dann machten sie sich auf die Suche. Der schwach beleuchtete, stille Kai war entvölkert, kein Ton drang zu ihnen außer vereinzeltem Klingeln oder Hupen von der benachbarten Preßburger Straße. Ancsa pfiff und rief mit weit hallender Stimme den Namen des Hundes. Die Männer forschten während einer guten halben Stunde nach ihm, aber Niki schien gänzlich verschollen. Da anzunehmen war, daß sie sich schließlich von ihrem Schrecken erholen und heimkehren werde, verabschiedete sich der Ingenieur von seinem Freund. Dieser schlug den Weg zur Wahrmannstraße, zur späteren Victor-Hugo-Straße ein, während Ancsa weiter dem Kai folgte. Fast hatte er schon den Rudolfsplatz, den nachmaligen Mari-Jászai-Platz erreicht, als er hinter seinem Rücken weiche kleine Schritte tappen hörte: die Hündin holte in lautlosem Trab auf. Sie sah etwas mitgenommen aus, ihr Schwanz baumelte schlaff, ihr Fell war zerzaust. Offenbar hatte sie, mit Geschick auflauernd, taktvoll ausgeharrt, bis der Fremde von der Seite ihres Herrn wich, dann abgewartet, ob jener nicht wiederkommen würde; sie meldete sich erst zurück, als sie sich ganz außer Gefahr fühlte. Ancsa ließ sich von dem Abenteuer nicht verdrießen, da es ihm Gelegenheit bot, den Verstand seines Hundes besser kennenzulernen. Dessen feine Beobachtung, daß die Leute ihre Ohrmuscheln in der Regel nicht bewegen, zeugte von gründlicher Menschenkenntnis.

Drei Tage darauf erschien Jegyes-Molnár wieder, diesmal gleich auf dem Kai. Niki bemerkte ihn anfangs nicht; sie lief mit einem betagten Spaniel um die Wette, und da dieser viel langsamer vorwärts kam, machte sie von Zeit zu Zeit plötzlich kehrt, rannte dicht an den Rivalen heran und übersprang ihn mit blutigem Hohn. Als sie des Spiels überdrüssig wurde, saßen die beiden Männer schon auf der Kaitreppe. Die Hündin lief freudig auf sie zu. Sie erkannte Jegyes-Molnár nicht sofort, beroch zuversichtlich seine Füße und fuhr dann erschrocken zurück.

Der Mann rührte sich nicht. Es erübrigt sich vielleicht zu sagen, daß er auch nicht sprach. Niki beobachtete ihn eine Zeitlang voller Mißtrauen, legte sich dann ihrem Herrn zu Füßen und behielt den Schädel des Fremden von dort im Auge. Vorerst geschah nichts. Jegyes-Molnár ließ seinen Kopf ruhig über die Knie hängen. Dann wackelte er mit den Ohren mehrmals hintereinander. »Was erschreckst du ihn?« fragte der Ingenieur, als der Hund augenblicklich am jenseitigen Ende des Kais in der Dämmerung entschwand. Aber Jegyes-Molnár meinte, daß sich das Tier an den Schreck gewöhnen solle, wie sich der Mensch, unter anderen auch Ancsa, an manches gewöhnen müsse. Er zog während dieser Erklärung seine buschigen blonden Augenbrauen hoch, schlug, am Ende des Satzes angelangt, Ancsa kräftig auf den Rücken und lachte laut mit seiner tiefen, brummenden Stimme. Seinem großangelegten leiblichen und seelischen Wesen entströmte so viel Gelassenheit, daß sein bloßes Erscheinen eine wilde dörfliche Messerstecherei hätte beenden können.

Niki – eine wirklichkeitsnähere Natur als Ancsa – gewöhnte sich tatsächlich an das Spiel der Ohren, ja sie gewann Jegyes-Molnár offensichtlich lieb. Sie ließ sich einmal sogar den Kopf von ihm streicheln; sie zitterte dabei ein wenig, hielt aber aus.

Um diese Zeit hatte sich Niki schon so ziemlich in das Budapester Leben hineingefunden, wenn auch eine kleine Portion Stadtfeindlichkeit in ihr zurückblieb. Den Knotenpunkten des Verkehrs, wie etwa der Ecke des Stephansrings und des Rudolfsplatzes, erzeigte sie eine ausgeprägte Abneigung; wenn ihre Besitzer aus irgendeinem Grund auf diesen Punkt zusteuerten, warf sie ihnen einen traurigen Blick zu und verweigerte den Gehorsam, oder gab wenigstens vor, ihn verweigern zu wollen; man mußte ihr mit der Leine einen Ruck geben, um ihre störrisch versteiften vier Beine wieder in Bewegung zu setzen. Auch den Unterschied zwischen Bürgersteig und Fahrbahn erlernte sie schwer; das mochte ihrem Vorstellungsvermögen eine ähnliche Aufgabe stellen wie Kindern die erste algebraische Gleichung. Nur durch die Bäume längs des Bürgersteigs wurde Niki einigermaßen entschädigt, deren Stämme ihr die erregenden Spuren eines mehrtägigen Hundeverkehrs darboten; mancher Baum vermittelte ihr – verdichtet wie in einem Handbuch – ein breiteres und abwechslungsreicheres Wissen von dem hündischen Privatleben des Bezirks als die ganze Hauptstraße von Csobánka. Die Bäume der Preßburger Straße insgesamt ersetzten ihr einen vollständigen Jahrgang von Tageszeitungen.

Freilich gereicht solch komprimierter Genuß nicht unbedingt zum Nutzen der Seele. Er gleicht den Vergnügungen, an denen der Hinterwäldler sich übernimmt, wenn er einige Tage in der Hauptstadt weilt. Sooft im Anfang einer von Nikis Besitzern, meistens Frau Ancsa, die Hündin die Preßburger Straße entlangführte, schleppte diese die Begleiterin dermaßen gierig zu jedem Baum, daß fast die Leine riß. Auch konnte sich Niki von keinem Stamm trennen. Nach einer Weile erschlaffte sie jedoch im übertriebenen Hochgenuß; sie schien fast einzuschrumpfen und trollte mit hängenden Ohren hinter der Frau her. Oft hat der Trubel der Metropolen eine derartige Wirkung auf die einfachen, gesunden ländlichen Seelen.

Ancsa nahm die Arbeit Anfang November wieder auf; nun war Niki ganz ihrer Herrin anvertraut. Man hatte den Ingenieur in einer kleineren Maschinenfabrik der Vorstadt Neupest untergebracht, in niedriger Stellung, mit wenig Gehalt. Selbst das war für ihn eine wahre Heilkur, da ihn die erzwungene Muße inmitten der allgemeinen Arbeit und Unrast beinahe schon melancholisch gemacht hatte. Seine Schaffensfreude belastete jetzt nur der Umstand, daß man ihm, dem Bergbauingenieur, die Aufgaben eines Maschineningenieurs übertragen hatte. Um den Anforderungen nachzukommen, mußte er die größere Hälfte seiner Nächte mit Fachstudien am Schreibtisch verbringen. Als einer der ersten Bergbauexperten des Landes empfand er wohl mit einigem Recht, daß er sich auf seinem eigenen Gebiet erfolgreicher hätte betätigen können.

Damit er pünktlich um acht an seiner Arbeitsstätte ankam, stand er morgens um fünf auf – in diesen Jahren waren die Straßenbahnen so überfüllt, daß man zur Fahrt die doppelte Zeit brauchte –, ging zu Fuß an die Endstation der Neupester Linien in der Visegráder Straße, der späteren József-Kiss-Straße, die dann wieder zur Visegráder Straße umgetauft wurde. Der frühen Stunde ungeachtet, drängte sich eine dichte Menge auf dem Stephansring den Haltestellen zu. Der starke Verkehr, das Geklingel der Straßenbahnen, das Gehupe der Lastautos, das Keuchen der eilenden Leute und nicht zuletzt das Gedränge im Innern der Wagen, an deren Türen die Passagiere in vollen Trauben hingen, all dies – wie ein pralles Sinnbild der bald beginnenden Arbeit oder im weiteren Verstande des einsetzenden nationalen Aufbaus – erfüllte die Seele des Ingenieurs mit einer nervös-fröhlichen Spannung, ja wir scheuen das Wort nicht: mit einer gewissen Feierlichkeit. Die Straßenbahnen fuhren im Schneckentempo, aber sie kamen vorwärts. Und während die ein- und aussteigenden Fahrgäste über Ancsas Hühneraugen schritten, bedachte dieser gerührt, daß sie alle an einem neuen Kapitel der Geschichte Ungarns schufen.

Daheim in der Stadt machte Ancsas Frau, die wegen ihrer zerbrechlichen Gesundheit keine Stellung anzunehmen wagte, volkserzieherische Rundgänge im Auftrag ihrer Parteiorganisation, oder sie leistete Hilfsarbeiten im Büro des DVUF (des Demokratischen Vereins Ungarischer Frauen). Der Hund blieb oft allein. Verlassen grübelte er in der abgeschlossenen Wohnung, auf dem Lager, das ihm die Frau in ihrem Zimmer bereitet hatte, oder lieber noch – obwohl ihm das strengstens untersagt war – in einem geräumigen Sessel der mit tabakbraunem Rips bezogenen Wohnzimmer-Garnitur. Sooft Frau Ancsa nach Hause kam, wenn auch bloß nach einer halbstündigen Abwesenheit, empfing Niki die Herrin mit derart hohen Sprüngen des Frohlockens, mit einem so maßlosen Freudentanz, Wedeln und Hecheln, als ob diese nach halbjähriger Festungshaft heimgekehrt wäre; und es dauerte mehrere Minuten, bis der Hund aus seiner Begeisterung wieder zu sich kam. Frau Ancsa brachte es bei diesen Anlässen nicht übers Herz, ihn zu bestrafen, will sagen zurechtzuweisen, weil er sich dem Verbot zum Trotz in den tabakbraunen Sessel gelegt hatte. Wie hätte sie dies auch wissen können, da doch Niki beim ersten Schlüsselklirren vom Sessel sprang? Als die Frau in die Wohnung trat, winselte das Tier schon dicht hinter der Türe des Wohnzimmers in unmäßiger Spannung. Dennoch gab es sichere Indizien, die von seinem Ungehorsam zeugten, unter anderem die körperwarme Sitzfläche des Sessels; wenn die Frau mit ihrem Handteller darüberstrich, verschaffte sie sich, wie es bei Gericht heißt, ausreichende Beweise für die Schuld ihres Hundes. Dieser den Kausalzusammenhang zwischen Handbewegung und darauf folgendem Verweis doch nicht verstanden und hätte folglich der Frau – diesem einfachen, sanften, sehr alltäglichen Geschöpf – düstere, übernatürliche Kräfte zugeschrieben, deren Odium sie keineswegs zu tragen gewillt war. Hätte Frau Ancsa den Sessel mit der Nase untersucht, so wäre dem Tier die Rüge vielleicht verständlich gewesen. Aber trug sie ihr Geruchsorgan im Handteller? Sie wollte das Tier nicht irreführen. Ohnehin zog es, sobald sie ihm vom Sessel her unfreiwillig einen gereizten oder tadelnden Blick zuwarf, den Schwanz ein und schlich schuldbewußt fort oder wälzte sich gnadeheischend auf dem Rücken, indem es alle viere zum Zeichen der bedingungslosen Kapitulation in die Luft streckte und sich für seinen rosigen, zarten Bauch ein Streicheln der Vergebung erbat.

Wir könnten uns hier fragen, falls uns eine Antwort zur Verfügung stünde, ob Hunde ein Gewissen haben. Da wir selber die Antwort nicht kennen, notieren wir bloß das Problem, in der Hoffnung, daß der eine oder andere Leser hierüber Bescheid weiß und uns brieflich Auskunft geben wird. Haben Hunde ein Gewissen, das heißt ein gutes und schlechtes Gewissen? Was das letztere betrifft, wollen wir die Annahme wagen, daß Hunde stattdessen nur das Schuldbewußtsein kennen, die gemeine Angst, wenn sie ein gegen sie gerichtetes Gesetz übertreten haben. Diese Angst macht sich auch in den meisten Menschen bemerkbar, die über sogenannte Gewissensbisse klagen. Wenn Hunden aber das schlechte Gewissen fehlt, können sie auch kein gutes haben, sofern wir den Mangel an Gewissen, die ungeschmälerte Selbstzufriedenheit, nicht als gutes Gewissen mißdeuten wollen. Auch diese findet sich in vielen Menschen. Sehen wir jedoch das Gewissen als tätigen Vorgang an, der die Welt unausgesetzt vom Gesichtspunkt der eigenen Verantwortung aus prüft, der in jedem Augenblick bestimmt, was getan werden soll, der erlaubt und verwehrt, schuldig- oder freispricht und der von der ersten Regung unseres Selbstbewußtseins bis zur letzten unser Leben lenkt, dann muß die Frage, ob Tieren – sogar ob Niki – ein Gewissen innewohnt, ein gutes oder ein schlechtes, nach unserer zögernden Ansicht mit einem Nein beantwortet werden. Hierin liegt der Unterschied zwischen den Tieren und dem Menschen, der gegebenenfalls ein Gewissen hat. Wenn wir die Frage auf die Spitze treiben, scheint es uns, daß sich Niki grundsätzlich nur in diesem einzigen Punkte von ihrem Herrn János Ancsa unterschied.

Niki blieb während des ganzen Winters, ja auch im darauf folgenden Frühling Frauenhänden überlassen. Das war auch gut so, denn schon im März, etwa als sich ihre Bekanntschaft mit den Ancsas zum erstenmal jährte, trat sie in einen eigentümlich weiblichen Abschnitt ihres Lebens, welcher bei Hündinnen nur zweimal im Jahr wiederkehrt. Frau Ancsa mußte bemerken, daß sie statt eines Hundes mindestens drei bis vier auf dem im übrigen verlassenen Kai spazierenführte. Schon zuvor war ihr aufgefallen, daß ein großer brauner Vorstehhund in ihrem Treppenhaus umherschlich, einsam, ohne Besitzer, und daß er sie, sooft sie vom DVUF oder von Besorgungen kommend in den Torweg einbog, schüchtern aber bestimmt zur Wohnungstür hinaufbegleitete. Und wenn Frau Ancsa kurz darauf in Nikis Gesellschaft aus der Wohnung trat, um den üblichen Spaziergang anzutreten, folgte ihnen der Vorstehhund mit rührender Anhänglichkeit. Die Frau hielt ihn für ein herrenloses Tier. Doch stellte es sich bald heraus, daß sein gesetzlicher Herr ein Uhrmacher und Juwelier namens I. Klein war, der in der Károly-Légrády-Straße, der späteren Balzacstraße, eine kleine Reparaturwerkstätte hatte.

Es ist unerfindlich, dank welcher Eilpost die Hundemännchen einer ganzen Straße, ja eines ganzen Bezirks, vom freudigen Umstand erfahren, daß eine Hündin ihres Reviers zur Liebe bereit ist. Fest steht, daß lange bevor Niki ihren Zustand durch irgendein Zeichen verriet, bereits zwei bis drei Freier verschämt ihren Schritten folgten und daß, sobald ihr Zustand deutlicher sich abzeichnete, ein ganzes Rudel von Hundekavalieren unterschiedlicher Größen, Rassen und Altersstufen ihr nachströmte. Wir müssen annehmen, so wenig der menschliche Schönheitssinn zu derartigen Urteilen befugt ist, daß Nikis Weiblichkeit mit besonderen Reizen ausgestattet war. Sobald sie aus dem Tor trat, jetzt natürlich mit einer Leine um den Hals, schlossen sich ihr einige wartende Schürzenjäger an und blieben ihr in geziemender Entfernung oder unziemlicher Nähe auf der Spur; die übrigen harrten ihrer am Ufer der Donau. Frau Ancsa sah sich in der Folge gezwungen, einen alten Regenschirm ihres Mannes bei diesen Frühlingspromenaden mitzuführen, um damit die Unternehmungslust manches heißblütigen Aktivisten zu kühlen; sie wollte vermeiden, daß Niki zwölf Monate nach ihrer ersten Trächtigkeit schon wieder in andere Umstände kam. Sollte sie weitere unnütze Foxterriers (und wenn es sich bloß um Foxterriers gehandelt hätte!) der Gesellschaft aufbürden? – ganz zu schweigen davon, daß sie zu jung war, um die große, erschöpfende Last der Mutterschaft alljährlich auf sich zu nehmen.

Frau Ancsa betrachtete ihren Hund mit entschiedener weiblicher Sympathie, aber auch mit scharfen Frauenblicken; und sie konnte manchmal ein belustigtes Lächeln nicht unterdrücken.

Sie glaubte, bei dem anmutigen kleinen Tier alle die listigen und neckischen Spiele der Liebe zu entdecken, selbstverständlich auf viel tieferer Stufe, mit welchen sich der erotische Drang der Menschen auszuschmücken versteht. Wer weiß, dachte sie, ob im Falle, daß man zwei verliebte Hunde eine dauerhafte Mann-und-Weib-Beziehung eingehen ließe, sich nicht jenes zarte Gewebe aus Gattenliebe und Verantwortung zwischen ihnen herstellte, das sich bei manchen Tierarten findet und das beim Menschen eheliche Tugend heißt. Wenn wir uns bloß weniger prahlerisch und hochmütig betrachten würden ...

Aber sie verfolgte diese Überlegung nicht weiter. Frauen denken sachlicher und zugleich geheimnisvoller von der Liebe als Männer, und Frau Ancsa verstand die Lage ihrer Hündin viel besser als der schwerfällige und der Logik allzu ergebene Verfasser dieser

Zeilen. So viel mögen wir aber festhalten, daß die Spaziergänge mit Niki trotz des vielfachen Ärgers und der körperlichen Anstrengung, die die Kämpfe mit dem Regenschirm kosteten, dem Frauenherzen der Herrin im ganzen eine heitere Unterhaltung boten.

Zu Beginn ihrer Läufigkeit durfte Niki noch ohne Leine auf die Straße; sie jagte ihre übereifrigen Freier selber fort. Sie erscheint uns in diesen Tagen kokett und zugleich, falls der Ausdruck gestattet ist, mädchenhaft züchtig. Sie wiegt sich gleichsam in den Hüften, doch flieht sie, wenn einer sie beim Wort nehmen will. Sie fordert heraus und wehrt sich im nächsten Augenblick. Sie wünscht die Erfüllung und scheut sie. In ihr wohnt mehr Ahnung als Wunsch, mehr Traum als Wirklichkeit. Der Leser mag die Anwendung solch subtiler Unterscheidungen auf eine nicht einmal rassereine Hündin übertrieben finden; aber wir vermitteln nur Frau Ancsas Beobachtungen, die uns zuverlässig erscheinen. Wir wiederholen: eine Frau, selbst von der einfachsten Gemütsart, erfährt mehr von der Liebe als die Männer mit ihren meist grobgeflochtenen Nerven.

Am tiefsten wurde Frau Ancsa gerührt – und das weist auf jenes zu Anfang unseres Berichts erwähnte ungesunde Gefühlselement zurück, vor dem sich der Ingenieur so sehr gefürchtet hatte –, am tiefsten wurde sie dann gerührt, wenn Niki inmitten ihres koketten Spiels sich vor einem energischen Angriff, wie ein Kind zur Mutter, an Frau Ancsas Rock flüchtete. Das Tier kehrte gleichsam hilfeflehend zur Frau zurück und entwich nach ihrer rechten oder linken Seite, sich vor oder hinter ihr verschanzend, seinen zur Liebe aufgelegten Verfolgern; und wenn es sich auf keine Weise mehr zu schützen wußte, stellte es sich auf die Hinterbeine und schmeichelte sich, als letzte und sicherste Zuflucht, in ihre Arme empor.

Lehrreich schien für Frau Ancsa auch die Beobachtung – sie zog aus ihr gewisse frauenhafte Folgerungen, die sie bei Gelegenheit auch in Männergesellschaft zur Sprache brachte –, daß, so wild auch Niki selbst dem mächtigsten Schäferhund ins Fell schnappte, keines der ritterlichen Männchen ihr solches je vergalt. Dies erschien der Frau als keineswegs bloß für die Liebesperiode ihrer Hündin und die entsprechende Werbungsperiode der Männchen bezeichnend; schließlich räche sich auch kein Jüngling für die Ohrfeige, die er im Laufe seines Hofierens und Poussierens von einem Mädchen oder einer jungen Frau erhalte. Aber es war noch mehr da: während der langen Jahre, die Frau Ancsa mit Niki verbrachte, kam es kein einziges Mal vor, jawohl, kein einziges Mal, daß irgendein Hundemännchen die Hündin biß, verjagte oder nur anknurrte, selbst dann nicht, wenn es um Nahrungs-, also um Existenzfragen ging. Die Folgerungen, die Frau Ancsa aus dieser zweiten Beobachtung zu ziehen pflegte, waren für das Menschengeschlecht nicht schmeichelhaft.

Sie machte aber auch noch eine dritte Beobachtung, die sie lächelnd in ihrem Herzen bewahrte und die sie um nichts in der Welt vor den erwähnten Gesprächspartnern verraten hätte. Es handelte sich darum, daß die Hunde, wie wütend Niki ihre Annäherungen auch immer abwies, in keinem Fall ihre Eroberungspläne aufsteckten und die diesen zugeordneten taktischen Bewegungen unterbrachen. Wenn Ingenieur Ancsas Regenschirm sich nicht zur rechten Zeit eingemischt hätte, so würde Niki, sogar zu wiederholten Malen, sich ins Unabwendbare geschickt haben. Sollen wir in diesem Unmaß die Verschwendungssucht der Natur erblicken oder nur ihre herrische Großzügigkeit? Ihre auf alle Fälle bedachte Umsicht? Ihre Unmoral oder eine weitherzigere Moral? Wir legen diese Fragen zur späteren Erwägung beiseite.

Zur Naturgeschichte unserer Heldin gehört ferner der Umstand – den wir nun mit aller Entschiedenheit als Mangel an Geschmack brandmarken möchten –, daß ihre weibliche Zuneigung nicht in erster Linie den Vertretern ihrer eigenen Rasse galt, den Foxterriern der glatt- oder drahthaarigen Abart, auch nicht sonstigen Hunden von mittlerem Wuchs, sondern daß es sie – manchen weißen Frauen ähnlich, die mit Negern scharmuzieren – vor allem zu mächtigen, schwarzen Hunden hinzog. Ein solcher befand sich in ihrer Gefolgschaft, nicht mehr der Jüngste, etwas in die Breite gegangen, triefäugig, ein schwerfälliger, großer schwarzer Bastard, den sie besonders in ihr Herz schloß und auf den sie ihre Gunst möglicherweise vergeudet hätte, wäre der feige Galan nicht vor dem Regenschirm geflohen. Die anderen Anbeter verjagten ihn übrigens bald aus der Gemeinde, so daß er vom dritten Tag an fortblieb.

Der Frühling war schön. Der rauhe März wuchs allmählich zum knospenden April, dann zum vollen, duftigen Mai, und manchmal trug schon der Wind einen Hauch der in Blüten getauchten Budaer Berge zum Pester Kai hinüber. Der Frühling kam auch über die Leute; ihre vor Müdigkeit erschlafften, fahlen Wintergesichter färbten sich, ihre Laune gedieh, sie fluchten seltener in der Straßenbahn, sie warteten mit mehr Geduld in den Läden, und vielleicht gaben sie sich sogar bei ihrer Arbeit einen kleinen Ruck. Das Schäumen des Frühjahrs fühlte man im ganzen Land. Man las im *Freien Volk* mit sichtlichem Interesse den Wetterbericht und die Voraussagen einer guten Ernte. In dieser Zeit wandte sich nämlich das Volk, vor allem die etwas unterernährte Stadtbevölkerung, mit einer bis dahin unbekannten Neugier der Lage des Ackerbaus zu, was wohl von einer gesteigerten Teilnahme am Schicksal der Nation zeugte.

Eines Abends kam der Ingenieur mit der verblüffenden Kunde heim, daß man den Außenminister verhaftet hatte. Die offizielle Meldung blieb aus, die Zeitungen schrieben weder davon noch von den weiteren Verhaftungen. Die Nachricht schien zwar unwahrscheinlich, da der Minister ein alter illegaler Kommunist war, einer der bekanntesten und volkstümlichsten Führer der Partei, aber Ancsa hatte sie aus einer Quelle erhalten, an deren Zuverlässigkeit man nicht zweifeln konnte. Er war mehrere Tage lang übelgelaunt und verstört, so daß selbst seine Frau kaum wagte, ihn anzusprechen.

Im Laufe des Sommers versetzte man Ancsa aus dem Neupester Betrieb nach einer neuen Arbeitsstelle, in eine Seifenfabrik. Hier wurde er mit verdrossenen Mienen empfangen, denn man hätte einen Chemiker gebraucht. Ancsa nahm seinen Posten ein und schrieb dann nach langem Grübeln ein Gesuch an die Partei der Werktätigen Ungarns, in dem er um eine Beschäftigung bat, die seiner Ausbildung entsprach. Er erhielt keine Antwort, aber man teilte ihn nach einem Monat im Rahmen des Ministeriums für öffentliche Bauten zu einer Tiefbaufirma ein, die ihn beim Materialempfang für die Erdarbeiten eines Kanalbauvorhabens im Theißland verwendete. Offensichtlich hatte ihn die Partei endgültig fallenlassen.

Nicht nur sein Privatleben bedrückte Ancsa. Im September verhandelte man den ersten großen politischen Prozeß, bei dem es sich herausstellte, daß der im Frühjahr festgenommene Außenminister in seiner Jugend ein Polizeispitzel gewesen war und eingeschleuster Agent ausländischer Mächte, und daß man außer ihm mehrere hohe Offiziere und leitende Parteifunktionäre wegen ähnlicher Verbrechen verurteilen und hinrichten mußte. Der Ingenieur, der vorbehaltlos an die innere Sauberkeit der Partei geglaubt hatte, wurde von dieser Angelegenheit derart niedergeschmettert, daß er einige Tage lang kaum sprach. Er teilte es nicht einmal seiner Frau mit, aber seine Gewißheit war ins Wanken geraten. Jetzt hielt er nicht mehr für unmöglich, was man ihm in bezug auf seine Entlassung aus der Fabrik für Bergbaumaschinen zugeflüstert hatte. Einer der verurteilten und hingerichteten Parteifunktionäre hatte gerade in der zentralen Kaderabteilung der Partei gearbeitet.

Von da an wurde Ancsa verschlossener und schweigsamer, wie übrigens das ganze Land um ihn. Es verbreiteten sich, vor allem in der Hauptstadt, Gerüchte von immer neuen Verhaftungen. Das gegenseitige Vertrauen der Leute verebbte, niemand wußte, was er von dem anderen denken sollte. Man wagte nur noch zu Hause im Traum zu sprechen. Inmitten der großen Stummheit, die sich über das Land legte, arbeiteten die Kommunisten mit zusammengebissenen Zähnen; sie hielten einen jeden für ihren Feind, und entweder schwiegen sie auch, oder sie leierten den offiziellen Psalter herunter. Das ganze Volk ging durch die hohe Schule der Heuchelei.

Natürlich verspürte nicht nur Frau Ancsa, sondern auch der dünnfellige junge Hund die Nervosität des Ingenieurs. Wenn Ancsa, gewöhnlich spät abends, erst nach Torschluß, aus dem Büro kam, erkannte Niki schon von fern mit ihrem unwahrscheinlich scharfen Gehör seine Schritte im Treppenhaus, sie winselte erregt, sie rannte zur Tür. Im Sommer, wenn die Fenster offenstanden, klang das Nahen ihres Herrn schon von der Straße zu ihr herauf. Sobald sie von ihrem Lager sprang, zur Tür stürzte und leise zu wimmern und zu scharren anfing, ging die Frau sogleich in die Küche, um das Abendessen aufzusetzen; wenn der Schlüssel sich im Schloß drehte, konnte sie es gewöhnlich schon auftragen. Derweil veranstaltete die Hündin im Vorzimmer ein solches Freudenfest zur glücklichen Ankunft ihres Herrn, sie umtanzte ihn laut winselnd, indem sie immer wieder bis zu seinem Brustkorb emporschoß, nach seinen Ärmeln schnappte, sich gegen seine Beine rieb, daß die Speisen beinahe wieder kalt geworden waren, bevor man zum Essen kam. Seitdem sich jedoch Ancsas Gemüt immer mehr verfinsterte, wagte auch die Hündin nicht mehr, sich so hemmungslos und offen zu geben wie noch vor kurzem während der schönen Sommertage. Sie winselte zwar ebenso beseligt, wenn der Ingenieur unten am Tor klingelte, sie rannte ihm aufgeregt entgegen, sie sprang sogar ein paarmal an ihm hoch, aber – als habe die menschliche Verstimmung ihren eigenen, abweisenden Geruch – sie brach die Begrüßung bald ab und schleppte sich, selbst verstimmt, ins Zimmer zurück. Manchmal setzte sie sich nicht einmal an den Tisch, sondern trollte gleich zu ihrem Lager und sah mit unbewegten Augen zu, wie der Mann stumm sein Mahl verzehrte. Neuerdings stöhnte und redete dieser öfters im Traum; dann setzte sich Niki im Nebenzimmer auf und brach in ein klagevolles Geheul aus. So erfuhr Frau Ancsa, daß ihr Mann auch diesmal eine unruhige Nacht verbrachte.

Die Hündin stand nun bereits in ihrem dritten Lebensjahr, was in unserer Einbildung das Bild einer zwanzig- bis fünfundzwanzigjährigen jungen Dame heraufbeschwört. Jeder Zoll ihres Körpers war von Lebenslust erfüllt, aber sie hatte die burschikos linkischen Bewegungen ihrer Backfischzeit schon von Leib und Seele abgeworfen. Ihr Gang, ihr Trab, jede Bewegung ihrer Glieder war ausgeglichen, als hätte sich der fröhlich heile Leib genau ausgerechnet, wann er sich verausgaben, wieviel er verschwenden durfte. Niki hielt sich stets sauber, sogar im Herbst und im Winter, ihr weißes Fell glänzte, ihre Augen strahlten, ihre pechschwarze Schnauze fühlte sich kühl und gesund an. Augenscheinlich war sie mit Haut und Haaren in den schönen Entwurf hineingewachsen, den die Natur für sie angefertigt hatte.

Aber das städtische Leben frommte ihr nicht. Sie hatte noch keinen Schaden davongetragen, dazu war sie zu kräftig und zu jung, aber man sah ihr an, daß ihr Organismus ständig mit seinen Bedürfnissen kämpfte. Die Stadt war Niki zu eng, sie hatte keinen Platz darin. Sie mochte sich einem Menschen gleich fühlen, den man mit allem ausgiebig versorgt, nur nicht mit genügend Luft zum Atmen.

Der Winter 1949/50, der zweite, den sie in der Stadt verbrachte, belastete besonders stark ihre Gesundheit. Schon im Sommer hatte Niki nicht ersetzen können, was ihr der vorangegangene Winter fast gänzlich verweigert hatte, die freie Bewegung, die erforderliche Abwechslung, die vertraute Unterhaltung mit der Natur. An all dies hatte sie sich in Csobánka von Geburt an gewöhnt, und soviel man sie auch auf dem Kai spazieren und sich ausrennen ließ, blieben ihre Instinkte unbefriedigt. Man diktierte ihr nicht nur ihre Pflichten, wenngleich mit Zärtlichkeit und großem Taktgefühl, sondern auch ihre Freuden; sogar die Freiheit wurde ihr nach Stundenplan verabreicht. Sie war noch jung, sie bequemte sich widerwillig zur Disziplin, die selbst das menschliche

Gemüt nur dann duldet, wenn deren feine, verborgene Zusammenhänge ihm aufgedeckt werden, Erklärung gewinnen. Doch wenn etwas ungeklärt bleibt? Wir vergleichen den Menschen nur ungern mit einem Hund; es scheint uns beinahe ein Sakrileg, zwischen einem unverständigen Tier und einem edel empfindenden, hochgeistigen Manne Entsprechungen zu suchen – aber was verdroß wohl den Ingenieur, wenn nicht gerade der Umstand, daß er keine Erklärung erhielt? Weder für sein eigenes Los, noch für andere Fragen, die ihn – um uns etwas hochtrabend auszudrücken – im Namen seiner Mitmenschen beschäftigten. Wie der dumme, minderwertige Hund, fand er sich außerstande, die Notwendigkeit zu erkennen, weil man ihm keine Chance zur Erkenntnis bot. Wie gesagt, vermochte der erste Pester Sommer Nikis hohe Einbußen vom vorangegangenen Winter nicht wieder wettzumachen, und diese nahmen von Tag zu Tag im Laufe des zweiten Winters zu. Während dieser Jahreszeit war die Frau oft krank, so daß sie das Tier noch seltener ausführen konnte, und auch der Ingenieur, der höchstens drei Tage der Woche in der Hauptstadt verbrachte – an den übrigen Tagen übernahm er in Tiszanamény Baumaterial, Autobestandteile, vorgesägte Bretter und anderes mehr, kontrollierte und führte Listen –, auch der Ingenieur konnte sich fast nie mit Niki abgeben. Diese kauerte den ganzen Tag, die ganze Nacht auf ihrem Lager. Hin und wieder erhob sie sich, schleppte sich träg durch die Wohnung und legte sich wieder hin. Wenn eine Fliege im Zimmer war, jagte Niki sie. Manchmal stellte sie sich auf den Stuhl und schaute, die Vorderbeine auf die Fensterbank gestützt, hinaus. Die Ancsas wohnten im ersten Stock, mit dem Blick auf die Margaretenbrücke, die Donau und den Schloßberg; doch konnte die kurzsichtige Hündin dies alles nicht unterscheiden, sie glotzte nur in die leere Luft hinein, die wesenlos vor dem Fenster lag. Nach einer Weile sprang sie betrübt vom Stuhl, gähnte und trottete zu ihrem Lager zurück. Ihr Kopf war leer wie die Luft, da ihr tagsüber nichts begegnete, woran ihr Verstand hätte herumbasteln können.

Ancsa kaufte ihr einen Ball. Als er ihn abends heimbrachte und nach dem Essen, das Spielzeug in der Hand, Niki zu sich rief, warf diese einen gleichgültigen Blick auf den unbekannten runden Gegenstand, erhob sich höchst mühselig von ihrem Lager und streckte sich mit aller Ausgiebigkeit. Erst stemmte sie ihre Vorderbeine möglichst weit vor, drückte den Kopf gegen den Teppich und reckte das Hinterteil in die Höhe, so daß die Knochen knackten, dann spreizte sie wiederum ihre Hinterbeine platt auf den Boden und dehnte langsam, mit hohlem Kreuz, ihre Muskeln und Sehnen nach hinten. Die dritte Etappe der Turnübung war etwas kürzer. Niki setzte sich, bog ihren Nacken rückwärts, soweit sie nur konnte, und spannte ihre Halsmuskeln; ihre Augen schlossen sich, und ihr Gesicht nahm den verblödeten Ausdruck an, den Frau Ancsas Tante Emma in Sopron zur Schau trug, wenn sie einst sonntags bei dem Ehepaar zu Mittag aß.

Der Ingenieur wartete geduldig. Als Niki endlich auf ihn zukam, er den Ball wegwarf und dieser dicht vor ihrer Schnauze vom Boden emporschnellte, war Niki erst wie versteinert. Im nächsten Augenblick aber wurde die ganze Wohnung von einem mitternächtigen Spuk heimgesucht.

Am Ofen kippte mit großem Getöse ein Stuhl um. Als der Ingenieur die vier Stuhlbeine in die Luft steigen sah, befand sich Niki bereits in der entgegengesetzten Zimmerecke und brachte die Vase zum Sturz, die dort auf dem Nähtisch stand; bevor nun diese den Boden erreichte, torkelte schon am Fenster des Nachbarzimmers der säulenförmige Lampenständer gegen die Anrichte. Der Ball, in den Niki nicht hineinzubeißen vermochte, da er ihren Zähnen elastisch entglitt, raste scheinbar aus eigener Kraft, wie der verzauberte Schwartenmagen des Volksmärchens, wild durch die ganze Wohnung; und da er von Nikis Speichel immer glitschiger wurde und immer schneller weiterrutschte, schien er in wachsendem Maße unerreichbar. Bis zum Rand füllten sich die beiden Zimmer mit dem erregten Gekläff des jagenden Tieres. Gegen Mitternacht mußte das erbauliche Spiel im Interesse der übrigen

Hausbewohner abgebrochen werden. Das Ehepaar setzte dem Ball beziehungsweise dem Hund nach und bedrängte die beiden von zwei Seiten her. Niki stürzte noch einen letzten Stuhl um, von dem Frau Ancsas Nähkorb auf das Parkett fiel; die Fingerhüte, Fäden und Wollknäuel rollten mit begeistertem Eifer in mannigfaltiger Richtung auseinander. Dann kam Stille über die Wohnung.

Die Hündin biß zwar schon tags darauf ein Loch in die Gummikugel, aber weder der Ball noch die fliegenden Steine, die jenen späterhin ersetzten, verloren für Niki je ihren Zauber. Anfangs wimmerte sie tagaus tagein vor dem zugesperrten Kleiderschrank, selbst wenn ihr Frauchen ausgegangen war; sie beschwor den Ball, sich herauszubegeben zu wollen. Sobald einer ihrer Besitzer erschien, lief Niki zum Schrank; sie erinnerte den Heimkehrenden an seine Pflichten. Sie konnte so rührend, so schmeichelnd, so liebenswürdig betteln, wie ein Kind um Süßigkeiten, eine jungverheiratete Frau um einen Kuß ihres Gemahls, ein Hungernder um ein Stück Brot. Man konnte Nikis Melodie nicht widerstehen. Wenn sie dann den Ball erhielt, warf sie sich mit einem einzigen Satz auf ihn, nahm ihn zwischen die Zähne und schüttelte ihn mit immer lauterem Knurren, wütend hin- und herspringend, so lange, bis das erlegte Wild seine Seele aushauchte. Der Ball hatte die seinige übrigens längst schon ausgehaucht; er gluckste nur noch und stöhnte mitleiderregend; dennoch wurde er von Niki jedesmal erneut umgebracht. Wenn sie endlich, vom Spiel ermüdet – aber konnte man in diesem Spiel ermüden? –, das eingedellte, kümmerliche Überbleibsel von einem Spielzeug in irgendeinem Winkel zurückließ, es aber in einigen Minuten wiederfand, stürzte sie sich von neuem darauf und erdrosselte es nochmals. Als rächte sie an ihm ihre verlorene Freiheit: mit solcher Wut vernichtete sie gerade den Gegenstand, der ihr die Freiheit für einige Minuten zurückgab.

Nach wenigen Tagen waren vom Ball nur noch Bruchstücke übrig, und auch diese verschwanden mit der Zeit unter oder hinter den Schränken. Doch Niki brachte auch noch dem letzten, handbreiten Stück Gummi genau so viel glühende, verbohrte Leidenschaft entgegen wie einst der makellosen, elastisch springenden Kugel; sie zupfte, kaute, zerriß und mordete es auch zum hundertsten Male. Dem Leser mag nun einleuchten, wie Sinnbilder in Glauben und Dichtung eines Volkes entstehen. Wir können dem gleichen Vorgang auch in der kindlichen Phantasie nachspüren, wenn zum Beispiel ein Mädchen in einem formlosen Lumpen eine Puppe erblickt, die Puppe in sein Kind verwandelt und sich genau so als wirkliche Mutter fühlt, wie Niki das zerfetzte Stück Gummi als flüchtigen Hasen ansah.

Das alles gab keine gesunde Befriedigung. Wie purer Alkohol berauschte es, ohne den Durst zu stillen. Nichts kann die Freiheit vertreten oder ersetzen: dies war die Moral, die Frau Ancsa aus ihren Beobachtungen zog, wenn der Hund nach dem Ballspiel tief bedrückt zu sein schien, sich meist auf sein Lager verzog und selbst die Nahrung verschmähte. Bot man ihm das Spielzeug wieder an, so war er im Nu zur Stelle; doch nahm er sich in diesen Augenblicken wie ein Gewohnheitstrinker aus, der seine Vernunft unentwegt einlullt, um der Wirklichkeit nicht ins Auge schauen zu müssen.

Wir suchen unsere Mütter, wenn uns im Leben etwas Schlimmes zustößt. Aber wir flehen dabei nicht nur um Hilfe. Mit einigem Selbstbetrug – und wer kommt schon ohne ihn aus, falls wir von den stets aufrichtigen Staatsmännern, Diplomaten und sonstigen Vertretern des Volkes absehen –, mit einigem wohltätigen Selbstbetrug meinen wir bei solchen Anlässen, daß uns einzig die Liebe zu unseren Müttern führt, zu ihnen, die wir bisher so ungebührlich vernachlässigt haben. Wenn wir uns selbst oder unsere Mitmenschen, kurz, wenn die Verhältnisse uns enttäuschen, fühlen wir plötzlich, daß wir außer der Mutter nie jemanden wirklich geliebt haben, und wir pilgern eilends zu ihr, um alles Versäumte nachzuholen: um sie unserer Liebe zu versichern und uns nebenbei an der ihren zu erwärmen. Glücklicherweise bleibt uns diese Zuflucht immer erhalten.

Ob Tiere ähnlich handeln, wissen wir nicht. Solange die Verbindung zwischen Muttertier und Jungem anhält, sucht auch das Junge die mütterliche Hilfe; aber muß es sich dabei in gleicher Weise hintergehen und überlisten? Lügt das Tier je sich selbst und die Welt an? Eine vertrackte Frage, deren Lösung wir feineren, umfassenderen Geistern überlassen möchten – etwa den vorhin erwähnten Staatsmännern, die nach ihrer eigenen Ansicht grundsätzlich und uneingeschränkt über alles Bescheid wissen und auch als Seelenkenner untrüglich sind.

Im Leben der Hunde ersetzen die gütigen Besitzer Vater und Mutter. Es gibt freilich Hundeeltern, die ihre Ziehkinder wie Sklaven behandeln und gleich Stiefmüttern im Märchen einen beträchtlichen Mehrwert aus ihnen herauspressen: ihre Wachdienste oder sonstige Tätigkeit mit Spülbrühe entlohnen, selbst die trockene Brotrinde ihnen nicht gönnen, sondern diese lieber den Mastschweinen geben. Solchen Leuten müßte man, nach unserer stets zögernden und undogmatischen Meinung, alle Tierzucht unter Strafandrohung verbieten, die Schweinezucht nicht ausgenommen. Sie sind ein Schandfleck der Menschheit, Fremdlinge im Reiche des Anstands, Verbrecher wider die Vernunft, Aussatz am Leibe der Gesellschaft. Hätte der Staat mehr Geld, so sollte er sie in Zwangsanstalten sperren lassen.

Niki aber schien gute Pflegeeltern zu haben, da sie bei ihnen Hilfe suchte. Hilfe oder nur Liebe? Entsprang ihre stetig wachsende Zärtlichkeit einem Trieb ihrer Natur, der auf keinerlei Gegenleistungen zählte? Ersehnte sie sich für das physische Elend, mit dem die lange Wintermuße sie schlug, im Bereich der Seele eine Entschädigung, gleich dem Gefangenen, der eine endlose Kerkerstrafe verbüßt? Wir kennen das wilde Emporwuchern der Gefühle, wenn die gedrosselte Kraft des Körpers in die Seele hinüberdrängt und dort zu wirken beginnt. Jedenfalls steht fest, daß Niki in diesem Winter und im folgenden Frühling ihren Herren eine gleichsam von Tag zu Tag sich vollendende Anhänglichkeit erwies. Man konnte das Wachstum der Intimität zwischen Besitzern und Hündin Schritt für Schritt verfolgen, man konnte spüren, wie die Maschen der Empfindung, deren Kraft der Ingenieur zwei Jahre zuvor gefürchtet hatte, sich enger und enger knüpften.

Seltsamerweise verteilte sich die Zuneigung des Tieres gleichmäßig auf die beiden Eheleute, obwohl die Frau ihm das Futter gab und ihm zehnmal mehr Zeit widmete als der Mann. Das Tier machte keinen Unterschied, und es schien sogar, als hätte es beide zusammen mehr lieb als jeden für sich. Es wurde ihrer nie satt und atmete ihre Gegenwart wie die Luft ein; leider erhielt es davon weniger als von dieser. Wenn das Ehepaar – höchst selten, vielleicht an manchem Sonntagnachmittag – zusammen fortging, zum Kai hinunter oder ausnahmsweise auf einen längeren Spaziergang, war Niki vor Seligkeit kaum mehr zu halten. (Einmal nahm man sie in der Straßenbahn, allerdings nicht ohne Maulkorb, sogar auf einen Ausflug ins Hüvösvölgy mit.) Wenn bei solchen Gelegenheiten der Ingenieur, der immer schneller fertig war als seine Frau, vor ihr die Treppe hinabstieg, lief Niki mit ihm, stürzte aber schon vom ersten Treppenabsatz in die Wohnung zur Herrin zurück und lockte diese und hemmte jenen, vor seinen Füßen tänzelnd, so lange, bis sie die beiden zusammengetrieben hatte. Auch unterwegs, wenn einer der beiden Eheleute zurückblieb – zumeist die Frau, um eine unbedeutende Blume oder einen brabbelnden Greis auf seiner Bank zu betrachten –, spurtete Niki sogleich zum Verweilenden und ruhte nicht, ehe sie die Ancsas wieder beisammen hatte. Ihr Bestreben, zueinanderzuführen, was zueinandergehörte, und die beiden unvollkommenen Teile zu einem glücklichen Ganzen zu verschweißen, war so augenfällig, daß der Ingenieur Niki einmal eine »Kupplerin« nannte und laut und lange über seinen eigenen Ausspruch lachte, indes er einen Arm zärtlich um die Taille seiner alternden Frau legte.

Kurz nach dem Ausflug zum Hüvösvölgy, im August 1950, wurde Ancsa verhaftet. Er war morgens in sein Büro gegangen, unterließ aber, seine Frau, wie gewohnt, um die Mittagszeit anzurufen und kehrte am Abend nicht heim. Man wußte nichts von seinem Aufenthalt, weder im Büro noch an seiner Arbeitsstelle im Theißland. Ein Jahr lang hörte man nichts von ihm.

Über Frau Ancsa kamen schwere Zeiten. Das Gehalt ihres Mannes wurde nur noch einen Monat lang ausgezahlt; sie mußte sich darauf einstellen, ihren Unterhalt aus eigener Kraft zu verdienen. Von der Abteilung für Staatssicherheit im Innenministerium erhielt sie keine Auskunft über den Ingenieur, wohl aber den Rat, nicht weiter nach ihm zu forschen. Da daraus hervorging, daß sich der Mann in den Händen der politischen Polizei befand und somit wegen eines politischen Verbrechens verhaftet worden war, suchte Frau Ancsa vergeblich Arbeit, man wollte sie nirgends aufnehmen. Sie ging putzen und nahm später Heimaufträge für eine Kleinweberei des Privatsektors an. Aber damit konnte man sich kaum die bloße Nahrung verdienen.

Ihr Schwiegervater kam etwa zwei Monate nach der Festnahme seines Sohnes zu einem Stachanowistenkongreß in die Hauptstadt. Da erst erfuhr er, daß der Ingenieur verschwunden war. Der alte Bergmann entschloß sich, seine Schwiegertochter sofort mit nach Salgótarján zu nehmen, obwohl er selber seit einem Jahr von einer Staatspension recht kärglich lebte. Frau Ancsa blieb jedoch in Budapest; hier wollte sie die Rückkehr ihres Mannes abwarten, wenn er je zurückkehren sollte. Ab nächsten Monat trafen bei ihr an jedem Ersten fünfundfünfzig Forint von der Salgótarjáner Verwandtschaft ein.

Da zu befürchten war, daß man ihr die Wohnung nehmen oder Untermieter ins zweite Zimmer einweisen würde – was später auch geschah –, stellte sich die Frage, ob sie sich nicht von Niki trennen sollte. Sie mußte für den Hund monatlich fünf Forint Steuer zahlen und auch dessen Ernährung kam auf die zwanzig bis fünfundzwanzig Forint. Durfte Frau Ancsa die Beihilfe, die sie von den Verwandten erhielt, fast ausschließlich für den Hund ausgeben? Sie hätte einiges von der Wohnungseinrichtung verkaufen und damit ihre Lage beträchtlich erleichtern können; doch das verweigerte sie sich. Sie wollte die Hoffnung nicht aufgeben, daß ihr Mann irgendwann noch heimkehren würde.

Schließlich entschied eine Erinnerung Nikis Schicksal, und sie entschied es auf eine für Frau Ancsa tröstliche Weise. Ihr fiel ein, was ihr einmal ihre Schwiegermutter, die Bergmannsfrau, wer weiß bei welcher Gelegenheit, gesagt hatte. »Sieh mal, ich mag Tiere so gern«, sagte sie, »daß ich noch nie im Leben einem Huhn den Hals abgeschnitten habe. Ich würde eher tot umfallen, als eine Maus umbringen.« Diese Erinnerung erleuchtete wie ein großer, still glänzender moralischer Hintergrund das verzweifelt zögernde Herz der Frau. So entging Niki – Gott sei's gedankt – dem schlimmsten Schlag, der eine Hündin treffen kann: dem Verlust ihrer Herren.

Als Frau Ancsa nach den ersten, erregten Wochen wieder Zeit fand, sich um den Hund zu kümmern, und als sie sich endgültig entschlossen hatte, ihn zu behalten, breitete sie auf dessen Lager das zuletzt getragene Nachthemd des Ingenieurs und gab es dem Hund zum Geschenk. Dieser umschnupperte es gierig, legte sich dann in seiner ganzen Länge darauf und roch weiter an ihm. Er beruhigte sich zusehends. Trotzdem wartete er jeden Abend auf Ancsa. Wenn man nach Torschluß unten beim Hausmeister klingelte, setzte er sich auf, neigte den Kopf erst zur einen, dann zur andern Seite und horchte voller Spannung; manchmal lief er sogar zur Tür und sog, die Schnauze auf den Fußboden gelegt, mehrmals hintereinander mit schlürfenden Geräuschen die Luft ein. Nach einer Weile trottete er langsam zu seinem Lager zurück und ließ sich seufzend hinfallen. Es kam vor, daß seine erwartungsvollen Ohren sich täuschten und die Schritte des Ingenieurs zu erkennen wähnten; dann kratzte er, wie im Irrsinn, wimmernd, heulend und mit solcher Wut an der Tür, daß die Frau ihr Herz stocken fühlte, in den Korridor hinausrannte und die Wohnungstür aufriß, überall vom winselnden Tier verfolgt. Als der Fremde im Treppenhaus an ihnen vorbeiging, drehten sich die beiden um und gingen in die Wohnung zurück. Auch nachts wachte Frau Ancsa oft auf, wenn der Fußboden unter den leichten Schritten des Hundes knarrte. Wenn sie dann das Nachttischlämpchen anzündete, sah sie ihn neben ihrem Bett stehen, wie er mit schlaffen Ohren und hängendem Kopf reglos auf den Teppich niederstarrte.

Eines Nachts stöhnte Niki im Schlaf, setzte sich dann auf die Hinterbeine und fing mit emporgerecktem Kopf zu heulen an. Das Tier ließ sich nicht beruhigen. Frau Ancsa stieg aus ihrem Bett, hockte sich neben sein Lager und streichelte ihm den Kopf. Schließlich, da man befürchten mußte, daß der Lärm die Nachbarn weckte, hob sie es in ihren Schoß und nahm es mit ins Bett. Es war zum ersten Mal, daß Niki an ihrer Seite schlief. In letzter Zeit achtete Frau Ancsa noch mehr darauf, daß weder sie noch ihr Hund jemandem im Wege stand. Da seit der Verhaftung ihres Mannes einige unter den Hausbewohnern sie auffällig mieden, da andere, mit denen sie sich früher öfters unterhalten hatte, nun selbst zu grüßen vergaßen, ja, da sie schon das eine oder andere Mal unter einem gehässigen Blick zusammenzucken mußte, tat die Frau ihr möglichstes, um ihr Dasein unbemerkt im Leben der großen Mietskaserne aufgehen zu lassen. Sie huschte wie ein Schatten über die Treppen, sie wich den Leuten aus und ließ keinen Ton durch die Wände ihrer Wohnung dringen, außer dem gelegentlichen Gekläff des erregten Hundes. An einem Morgen, als sie Niki zum Kai führte, bog dicht vor ihnen ein mit Erde beladenes Lastauto ein, das vom großen Sandbagger an der Margaretenbrücke kam. Niki erschrak und bellte das Auto an. Am Steuer saß eine Frau in blauem Arbeitsanzug; sie warf einen verächtlichen Blick auf die »Gnädige«, die mit ihrem Schoßhund promenierte, und rief ihr zu, sie solle lieber ihre Enkelkinder spazieren führen. Frau Ancsa setzte mit Tränen in den Augen stumm ihren Weg fort. Einige Minuten später, als sie den Blick vom Boden erhob, bemerkte sie, daß Niki von einem Mann in weißem Hemd und mit einem langen Stock in der Hand verfolgt wurde. Aus einer engen Nebenstraße stürzten zwei weitere ähnlich ausgestattete Männer hervor und warfen sich auf den fliehenden Hund. Niki war in einen Ring von Schindern geraten, die vom Staat angestellt waren, herrenlose Hunde einzufangen.

Es dauerte einige Sekunden, bis Frau Ancsa begriff, was geschah. Als ihr bewußt wurde, daß sie Gefahr lief, nun auch noch das Letzte, was ihr verblieben war, zu verlieren, bemächtigte sich der sonst lammfrommen Frau ein solcher Haß und Zorn, daß sie sich auf die Schinder stürzte und ein Weißhemd heftig zur Seite stieß. Dieser stolperte und fiel beinahe hin.

Niki lief ungefähr in Frau Ancsas Richtung, dicht hinter ihr der erste Abdecker, der versuchte, die am Ende seines Stabes befestigte Drahtschlinge der Hündin um den Hals zu werfen. Sie rannte geschickt, in Zickzacklinie, mit eingezogenem Schwanz und mit flatternden Ohren. Als sie Frau Ancsas Stimme hörte, die verzweifelt ihren Namen rief, machte die Hündin blitzschnell einen Bogen und stürzte schnurstracks der Frau entgegen. Zum Glück bemerkte sie im letzten Augenblick, daß dicht vor der Frau ein dritter Schinder herlief, der sie früher als ihre Herrin erreichen würde. Niki blieb gerade noch Zeit genug, einen Haken zu schlagen und in die kleine Seitengasse hineinzuflitzen, die den Kai mit der Preßburger Straße verbindet.

Indessen entstand ein beträchtlicher Auflauf, aus dessen Mitte die erregten Schreie der Frau und das Sohlengeklapper der stumm rennenden Schinder heraustönten. Die Leute empörten sich heftig über die niederträchtige Hetzjagd; sie ballten sich auf dem Bürgersteig zusammen, öffneten dem fliehenden Hund einen Weg und hemmten die Verfolger. Die Abdecker sind in der Stadt Budapest ohnehin nicht beliebt, und in der damaligen bedrückten Stimmung verbündete sich die ganze Straße gegen sie. Ihnen wagten die Leute ihre Meinung zu sagen. Da nun alle drei starke, stämmige Burschen waren, riet man ihnen, einen anderen

Broterwerb zu suchen: in die Bergwerke oder auf die Kartoffel-felder zu gehen. Man nannte sie auch Henker.

Niki schien zu erschlaffen, wohl weniger aus körperlicher Ermü-dung als aus Aufregung und Ratlosigkeit. Die schwitzenden Schinder, wütend wegen des einhelligen Widerstandes, verfolgten sie mit Ausdauer; und einer kam dem fliehenden Tier schon so nah, daß er mit seinem Stock mehrmals nach ihm schlug und es nur um ein Haar verfehlte. Da sprang der Hund mit jähem Ent-schluß in einen Torweg. Jemand knallte hinter ihm den offenen Flügel zu.

Inzwischen langte dort auch Frau Ancsa an, und bei dem Anblick der grauhaarigen, verweinten, keuchenden Frau stiegen neue Schimpfreden aus der Menge: man forderte, daß die Henker end-lich aufhörten, Tiere und Menschen zu quälen.

Leicht wäre der angestaute Zorn aus der seit langem erbitterten Masse hervorgebrochen, so daß die Schinder eine tüchtige Tracht Prügel erhalten hätten – was als Widerstand gegen die Staatsge-walt hätte gelten mögen –, wenn den drei Männern ihre Be-mühungen nicht selber leid geworden wären. Einer unter ihnen, offenbar der Anführer, trat zu Frau Ancsa und rief sie in das Haus, in das sich der Hund geflüchtet hatte. Niki saß dem Tor gegenü-ber, oben auf dem ersten Treppenabsatz; sobald sie den Mann im weißen Hemd erblickte, drehte sie sich um und verschwand im oberen Stockwerk.

Frau Ancsa fragte den Schinder, was er von ihr wolle. Dieser zwinkerte ihr zu und streckte die offene Hand vor sie hin. Die Frau hatte zwanzig Forint bei sich, fast ihr letztes Geld für den Monat; sie übergab es der Staatsgewalt.

Um dieselbe Zeit geschah es, daß man Frau Ancsa in die Unter-bezirksorganisation der Partei vorlud und ihr dort zu bedenken gab, ob es nicht vernünftiger wäre, sich von ihrem Manne schei-den zu lassen. Man überredete sie nicht, man berührte bloß die Frage und erwähnte, daß man ihr keine volkserzieherische Arbeit anvertrauen könnte, solange sie den Namen eines Landesverräters trug. Man fragte sie, wie sie es mit ihrem kommunistischen Gewissen vereinbaren könne, den lieben langen Tag Hunde spazierenzuführen? Frau Ancsa schlug die Augen nieder und verließ wortlos das Zimmer. Im Parteiausschuß des dreizehnten Bezirks, bei dem sie sich daraufhin beschwerte, bezeichnete man im Laufe eines kurzen Gesprächs das Vorgehen des Unterbezirks als übereifrig. Einige Wochen später wies das Wohnungsamt eine vierköpfige Familie in Frau Ancsas zweites Zimmer ein.

Ein harter Winter stellte sich ein, und die Frau hatte wenig Geld für Holz und Kohle. Sie fror unaufhörlich, auch die ungewohnte körperliche Arbeit griff sie an; sie wurde krank. Zwei Wochen lang hütete sie das Bett; der Hund wurde von der Hausmeistersfrau täglich zweimal für eine Viertelstunde auf die Straße geführt. Frau Ancsa hatte keine Freundin in Budapest, da ja ihrem Mann seit dem Umzug aus Sopron keine Zeit für Gesellschaften geblieben war; ihre einzige Bekannte, die Frau eines Ingenieurs aus der Bergbaumaschinenfabrik, mit der sie sich ab und zu getroffen hatte, meldete sich nach Ancsas Verhaftung nicht wieder. So blieb die Frau mit ihrem Hund allein.

Wenn wir über eine satirische Ader verfügten, könnten wir uns fragen, wieso Niki ihre Verbindung mit der Frau nicht abbrach und keine andere Wohnung bezog, möglichst am jenseitigen Ende der Stadt. Die Wahrheit ist, daß die Hündin, obwohl sie schlecht dran war, nichts von einer derartigen Absicht merken ließ. Aber dieser dritte Winter, bisher der ödeste, nahm sie sichtlich arg mit. Manchmal meinte die Frau, das Tier habe den Ingenieur schon vergessen, er war ja seit fast einem Jahr verschollen, doch konnte sie sich immer wieder an irgendeinem winzigen Zeichen überzeugen, daß es ihn noch im Gedächtnis behielt. Einmal wusch sie das Nachthemd, das sie dem Hund gegeben hatte. Dieser schlief gerade im braunen Ripssessel – wir sehen, daß sich unter dem Weiberregiment die Zucht des Gemeinwesens sehr gelockert hatte – und merkte nichts, als Frau Ancsa das Hemd fortnahm. Als er aber abends zu seinem Lager trottete, begann er ruhelos zu suchen und scharrte lange noch an seinem Kissen herum, ganz und gar außerstande, sich hinzulegen. Mit hängendem Kopf stand er in der Ecke, den Schwanz eingeklemmt, als hätte man ihn geschlagen.

Ein anderes Mal entschloß sich Frau Ancsa, die Kleider ihres Mannes aus dem Schrank zu holen, um nachzuschauen, ob sie nicht vermotteten. Einen Anzug hängte sie auf dem Bügel an einen Nagel. Während sie im Schrank weiterstöberte, hörte sie plötzlich, wie der Hund laut winselte und stürmisch hinter ihrem Rücken herumsprang. Verwundert drehte sie sich um: jener tanzte vor dem Anzug mit den längst vergessenen hohen Luftsprüngen, er bellte in leidenschaftlicher Erregung und schnappte nach den hängenden Ärmeln. Wir möchten den Leser keineswegs mit gewagten Annahmen beunruhigen, doch halten wir es für gut möglich, daß der Hund aus dem Erscheinen des Anzugs auf die sofortige Ankunft seines Herrn schloß – Frau Ancsa pflegte nämlich einst jeden Morgen die Kleider für den Ingenieur, der sich im Badezimmer wusch, vorzubereiten. Es wäre freilich ebenso leicht denkbar, daß allein der vertraute Geruch Niki so völlig aus der Fassung brachte: ähnlich wie die Photographie einer toten Geliebten unsere Seele aufwühlt, wenn sie uns unerwartet in die Hände gerät.

In diesem Winter verfiel der Hund auch körperlich. Er wurde magerer, matter und schwächlicher; selbst die Spaziergänge freuten ihn wenig. Von seiner einstigen Lust am Spielen waren jetzt nur noch undeutliche Spuren zu sehen. Manchmal stellte er sich auf die Hinterbeine, sprang gegen die Herrin und schnappte fröhlich nach ihrer Hand; nach einer Minute wurde er aber so wild, daß Frau Ancsa die Hand erschrocken zurückriß. Er knurrte und biß; mit gesträubtem Fell und angelegten Ohren drückte er seine Zähne tief in die Haut der Frau, als wollte er auch den letzten Überrest seiner alten Welt vernichten. Er hatte auch starken Haarausfall; Frau Ancsa gab ihm zweimal wöchentlich einen erbsengroßen Brocken Hefe, aber das half nicht viel.

Eines Nachmittags schellte jemand an der Wohnungstür, und der Hund wurde unruhiger als gewöhnlich. Der Untermieter machte auf – zu Frau Ancsa kam kein Besuch –, und Niki begnügte sich diesmal keineswegs mit dem üblichen warnenden Knurren und dem leisen, bedrohlichen Schnaufen, mit denen sie die Wohnung vor Fremden beschützte. Sie lief zur Zimmertür, schnupperte und wedelte, um dann, vom dünnen, quiekenden Falsett ausgehend, das während der Hasenjagd oder der Verfolgung fliegender Steine von ihrer freudigen Aufregung zeugte, sich in ein trommelfell-zerreißendes Gebell hineinzusteigern.

Im Korridor unterhielt man sich leise, aber Niki achtete nicht mehr auf die Stimmen. Sie kratzte an der Tür, sie sprang gegen die Klinke, als ob sie aufmachen wollte. Frau Ancsa öffnete selber mit etwas zittrigen Händen. Sie wußte zwar, daß nicht ihr Mann zurückgekehrt war; aber der Besucher kam offenbar zu ihr, und Niki kannte ihn – vielleicht brachte er Nachricht von Ancsa!

Vince Jegyes-Molnár konnte jedoch um so weniger eine Nachricht bringen, als er selbst gerade erst erfahren hatte, daß der Ingenieur eingesperrt worden war. Er arbeitete seit einem halben Jahr in den Bergwerken von Tatabánya und war die Nacht zuvor nach Pest zurückgekommen, wo er die Neuigkeit erfuhr. Gleich nach Büroschluß besuchte er die Frau.

Sein Wortschatz reichte nicht zur Tröstung aus, um so eher aber seine ruhige, kraftvolle Gegenwart. Diese schien die Anwesenheit des Ingenieurs in einer bestimmten Weise einzuschließen, wie ein Lampe wenigstens die Möglichkeit des künftigen Lichtes ein-schließt; Frau Ancsa wurde lebendiger, ohne es selber zu merken, und lächelte sogar einige Male. Jegyes-Molnárs Riesenleib ruhte breit und gewichtig im tabakbraunen Sessel, er blickte hin und wieder zum Fenster hinaus, ließ von Zeit zu Zeit einen Satz fal-len, brummte, nickte, sah sich Niki an. Diese stand nun, nachdem sie die Füße des Gastes gründlich berochen hatte – wir wissen, daß sie sich nicht auf ihre Augen verließ –, vor dem Sessel auf ihren Hinterbeinen und schaute erwartungsvoll in Jegyes-

Molnárs Gesicht. Der Gast sprach nicht. Niki schaute weiter. Beide schwiegen. Nach einer Weile bewegte der Mann zweimal hintereinander seine Ohren, erst nach unten, dann nach der Seite. Auch diesmal war die Wirkung unerwartet. Niki kläffte kurz, sprang auf den Schoß des Mannes und stieß mit der Schnauze übermütig nach den beweglichen Ohren. Aber Jegyes-Molnár murrte und verjagte den Hund von seinem Schoß. Er konnte Zärtlichkeiten mit Tieren nicht leiden.

»Sehen Sie, wie sie sich daran gewöhnt hat? Auch der Mensch muß sich an manches gewöhnen«, wiederholte er fast wörtlich den wertvollen Gedanken, den er einmal, fast vor zwei Jahren, auf dem Kai dem Ingenieur mitgeteilt hatte.

Von diesem Tag an kam Jegyes-Molnár fast jede Woche einmal, meistens sonntags, bei der Frau vorbei und überreichte in seiner ungeschlachten Art, aber so, daß man die Gaben weder sich verbitten noch bescheiden zurückweisen konnte, einmal ein wenig Paprikaspeck, Blutwurst, Debracziner und dergleichen; das andere Mal eine Flasche guten Weines, eigens von Csopak, aus dem Keller eines ihm bekannten Weinbauers. Nur so erhielt man damals trinkbaren Wein in Ungarn, wo in jenen Jahren, dank einer weittragenden, aber sorgsam geheimgehaltenen Neuerung, selbst die allerbesten Tokajer, Erlauer und Badacsonyer aus einfachem Mais gekeltert wurden. Manchmal begleitete Jegyes-Molnár auch die Frau, wenn sie abends ihren Hund ausführte; und als der Frühling sich über der windbestrichenen Gänsehaut der Donau allmählich in die fröstelnde, schlecht geheizte Stadt einschlich, überredete er sie sogar zu einigen längeren Gängen.

Wir glauben, nicht ausführlich beteuern zu müssen, daß man die mündlichen Äußerungen, die während dieser ruhigen Spaziergänge ausgetauscht wurden, selbst in Kanzleischrift bequem hätte festhalten mögen; sie konnten es, den Umfang betreffend, nicht einmal mit den sparsamsten Parteiversammlungsberichten aufnehmen. So kam es selbstverständlich weder zur Sprache noch der Frau zum Bewußtsein, daß Jegyes-Molnár unermüdlich dem Aufenthalt und dem Befinden des Ingenieurs nachforschte, ohne sich von Schwierigkeiten verwaltungstechnischer oder gar noch wichtigerer Art abschrecken zu lassen. Gestern zum Beispiel – wir meinen den Tag vor ihrem jüngsten Spaziergang – hatte er sogar bei der SSA, der späteren SSB, das heißt Staatssicherheitsbehörde, vorgesprochen, die gerade zu jener Zeit aus dem Haus Andrássystraße 60, besser gesagt Stalinstraße 60, in den gewaltigen, für das Innenministerium neu erbauten, aber an die SSB abgetretenen Komplex umgezogen war. Als man hier Jegyes-Molnár den wohlgemeinten, aber strengen Rat gab, in seinem eigenen Interesse von weiteren Nachforschungen und Fragereien abzusehen, schlug der hünenhafte Kossuth-Preisträger und zweimalige Stachanowist, dessen Urgroßvater bereits im Salgótarjáner Kohlenrevier gearbeitet, dessen Vater im Jahre neunzehn in der Roten Armee gedient hatte und der selber einundzwanzig Jahre lang Mitglied der illegalen KP gewesen war – da schlug er mit seiner riesigen Faust zweimal nacheinander mit solcher Kraft auf den Schreibtisch des SSA-Hauptmanns, daß die Tischplatte sich der Länge nach spaltete. Im Laufe dieses Verhörs berichtete Jegyes-Molnár mit ungewohnter Suada von seinem Lebenslauf sowie von der stummen Meinung der Salgótarjáner Arbeiterschaft über dieses und jenes. Als man ihn schließlich spätabends gehen ließ, versprach man ihm, daß er in der betreffenden Angelegenheit demnächst Bescheid erhalten werde. Nach einem Monat lud man ihn vor und ließ verlauten, daß er sich noch gedulden müsse. Es war schon Sommer, als Jegyes-Molnár Frau Ancsa sagen konnte, daß ihr Mann lebe, gesund sei und ihr bald schreiben würde.

Leider konnte Frau Ancsa diese Nachricht dem Hund nicht zur Kenntnis bringen; höchstens mittelbar, indem sie ihm ihre eigene angewachsene Lebensfreude, die neu geschürte Hoffnung und die Zuversicht zeigte, die jäh in ihre Adern geströmt war. Sie konnte ihm die Nachricht mit ihrem Körper übermitteln, mit ihrer Stimme, mit dem Glanz der Augen, der Frische ihrer Gesten: mit diesen Funkzeichen des Leibes, deren Sender das Herz ist. Doch selbst so mußte Frau Ancsa das freudige Ereignis, das die Zukunft versprach – die mögliche Rückkehr ihres Mannes – in die Gegenwart zurückholen, um es dem Tier mitzuteilen.

Die Vorstellung der Zukunft brachte auch sonst viele Schwierigkeiten in die gegenseitige Unterhaltung zwischen Frau und Hund. Die Vergangenheitsform erübrigte sich bei diesem Zwiegespräch. Aber wie sollte denn Frau Ancsa dem Tier klarmachen, daß sie, wenn sie gerade fortging, nur im Laden *Für Alle* am Stephansring schnell etwas einkaufen wollte und in weniger als einer halben Stunde zurückkehren würde; daß der Hund mithin keinen Grund habe, sein längliches weißes Köpfchen mit den drei schwarzen Punkten (den beiden glänzenden Augen und der Pechschnauze) hängenzulassen und der Entweichenden mit eingeklemmtem Schwanz, schlaffen Ohren und vor Verzweiflung lächerlich zitternden Beinen dermaßen leidende Blicke nachzusenden, als nähme er Abschied für immer. Am Anfang ihrer Bekanntschaft versuchte die Frau, sich ihm mit Worten verständlich zu machen. »Gleich bin ich wieder da«, sagte sie ermutigend, fast fröhlich, während sie dem Hund gemütlich auf den Rücken klopfte. Die sechs Silben verwandelten sich in dessen Gehirnwindungen zur sechstönigen Melodie der Einsamkeit. Sobald er sie hörte, selbst im heitersten Tonfall, sagte er der Frau endgültig Lebewohl. Ihm war es gleich, wie lange die Herrin fortbleiben würde: wenn sie die Tür hinter sich schloß, trat sie in die Ewigkeit hinaus. Wie er jede Heimkehr seiner Besitzer, ob nach zehn Minuten oder nach einigen Tagen, mit der gleichen lärmenden Seligkeit begrüßte, so war für ihn auch jede Trennung im gleichen Maße niederschmetternd: sie schien ihm fürs ganze Leben zu gelten. Machte sich Frau Ancsa zum Gang bereit, schlüpfte sie in ihren Mantel oder nahm sie ihr Einkaufsnetz in die Hand, so sprang der Hund, der sich noch eben auf seinem Lager gerekelt hatte, plötzlich in die Lüfte, führte mit den Vorderbeinen Schwimmbewegungen aus, schien in seiner irrwitzigen Freude und Verzückung fast zum Fenster hinauszufliegen. Aber ein einziger Blick der Frau genügte, um ihn mitten im Sprung erstarren zu lassen. Sie mußte nur ein einziges Wort sagen, ihn nur anschauen, oder nicht einmal anschauen, um den nächsten Sprung in seinen Beinen festzubannen. Und wenn darauf die sechstönige Melodie des »Gleich bin ich wieder da« erklang, drehte sich Niki schon um und verkroch sich, mit dem Bleigewicht einer entsetzlichen Müdigkeit in den Beinen und im schlaff hängenden Schwanz, hinter dem Papierkorb in der dunkelsten Ecke des Zimmers. Es kam freilich auch vor, daß Niki weder ihren Ohren noch ihren Augen trauen wollte und sich von irgendeiner wahnhaften Hoffnung zur weiteren Beobachtung anregen ließ. In diesen Fällen blieb sie in der Mitte des Zimmers stehen und starrte jeder Bewegung der Frau mit ausdruckslosen Augen nach. Sie zuckte nicht einmal, als die Frau auf die Wohnungstür hinsteuerte; und obwohl die Bereitschaft zum ersten Sprung und dann zum wilden, atemlosen Rennen (gleich einer Feder, die aufs Einschnappen wartet) jedes Glied der Hündin fühlbar spannte, blieb Niki bis zum Ende reglos und schickte nur ihren Blick der Frau nach. In diesem Blick lag – soweit der menschliche Verstand ihn zu entziffern vermag – weder Bitte noch Zorn noch Enttäuschung. Es lag nichts in ihm. Dieser Blick war das Nichtsein selbst, die Leere jenseits aller Verzweiflung; er ergab sich dem Tod und wirkte fast blöd in seiner Mattigkeit. Und wenn nun in der Sekunde, da Frau Ancsa ihre Hand auf die Klinke der Wohnungstür legte, der Hund mit der letzten Anspannung seiner Kräfte sich schwerfällig auf den Boden plumpsen ließ und noch ein letztes Mal zur Frau emporsah, wäre diese am liebsten umgekehrt und zu Hause geblieben.

Ihr vom Witwenlos mißhandeltes Herz konnte den Blick kaum ertragen, der in seiner unendlichen Trauer Kunde von der sinnlosen Öde jenseits des Seins zu geben schien.

Am meisten wurde Frau Ancsa dabei von der Stummheit des Tieres gepeinigt, der Stummheit nicht allein seiner Zunge und Stimmbänder, sondern seines ganzen Körpers. Es weinte nicht, gab keine frechen Antworten, es sträubte sich nicht, forderte keine Erklärung, es ließ sich nicht überzeugen: schweigend unterwarf es sich seinem Geschick. Diese Stummheit, die dem endgültigen Verstummen eines an Leib und Seele gebrochenen Sträflings glich, wirkte auf Frau Ancsa wie der donnernde Protest des Daseins selbst.

Nie empfand sie mit einer so schmerzlichen Schärfe die Tragik der ausgelieferten und schutzlosen Tiere wie in den Augenblicken, in denen sie mit dem Netz unter dem Arm von der Tür zum unbewegt liegenden Hund zurückschaute, der aus der Mitte des Korridors, den Kopf tief über die Vorderbeine geneigt, von unten herauf in ihr Gesicht blickte. Wie sollte die Frau dieser verkörperten Todesstimmung auseinandersetzen, daß sie nur zum Markt ging und in einer Stunde wiederkam? Oder daß sie nur in die Weberei ging zum Ferdinandsplatz, dem nachmaligen Platz der Helden der Arbeit, oder in deren Filiale in der Thurzóstraße, der nachmaligen Alexander-Muk-Straße, und daß sie spätestens um die Mittagszeit wieder da sein werde? Wie sollte sie Niki klarmachen, daß voraussichtlich selbst der Ingenieur einmal heimkehren werde, wenn auch nicht um die Mittagszeit, so vielleicht in zehn Jahren? Ich wiederhole: dem Tier schien es hundsegal, ob es von seinen Besitzern für eine Stunde oder für ein Jahr verlassen wurde; in beiden Fällen starb es fast vor Entbehrung. Jede Minute brauchte es unaufhörlich die Gegenwart dieser Menschen, von der es sich mit kindlicher Gier ernährte.

Niki wäre die Kunde willkommen gewesen – wenn man sie ihr hätte vermitteln können –, daß ihr Herr am Leben war und daß für sie die theoretische Möglichkeit bestand, ihn einmal wiederzusehen. Wann dies geschehen sollte, darüber hätte ihr auch Frau Ancsa nichts sagen können; in der Sache des Ingenieurs hatte es keine Verhandlung, also auch kein Urteil gegeben. Nach Jegyes-Molnárs einmaligem Bescheid bekam die Frau während anderthalb Jahren keine neuere Nachricht. Aber selbst später, als sie hin und wieder in Abständen von drei bis vier Monaten ihren Mann im Zentralgefängnis besuchen durfte, fehlte ihr die Möglichkeit oder wenigstens das sprachliche Medium, dies den Hund wissen zu lassen. Dieser aber hätte ein solches Wissen sehr nötig gehabt. Wir wollen nicht die unwürdige Hypothese wagen, daß ein Tier, beispielsweise ein Hund, in bezug auf Treue oder Liebe es mit Menschen aufnehmen kann; deshalb wollen wir Nikis fortschreitenden körperlichen und seelischen Verfall, ihr frühes und jähes Altern um nichts in der Welt der Abwesenheit ihres Herrn zuschreiben – wir setzen alle Übel, wenn auch tastend und unsicher, wie immer, einzig auf die Rechnung ihrer dürftigen Ernährung und des Mangels an äußerer Freiheit. Wieso soll denn eine zur Blüte ihres Lebens gediehene fünfjährige, kraftvoll-gesunde Hündin, welche unermeßliche Reserven an körperlicher Tüchtigkeit besitzt, abmagern und die Haare verlieren, einzig weil der angenehm riechende Mensch, den sie zu ihrem Herrn erkoren hatte, ihr vor einiger Zeit entschwunden war? Niki hätte mehr Bewegung, vitaminreicheres Futter und fröhlichere Gesellschaft gebraucht – und Frau Ancsa bemühte sich auch, im Sinne des alten Ancsaschen Verantwortungsgefühls, dem Hund nach Möglichkeit all dies zu verschaffen.

Seitdem sie die Gewißheit besaß, daß ihr Mann noch lebte, führte sie Niki häufiger spazieren, unterhielt sich mehr mit ihr und versuchte, sie an der eigenen gesteigerten Lebenslust zu beteiligen. Frau Ancsas Geld reichte nicht aus, um Niki einen Ball zu kaufen; also wurde der Ball durch fliegende Steine ersetzt. Vom Sommer 1952 an, als sich die Gesundheit der Frau mehr oder weniger wiederhergestellt hatte, sparte sie aus ihrem Tageslauf mindestens eine Stunde für Niki aus; meistens begaben sich Hund und Herrin in der Zeit der Mittagsruhe zum Kai. Niki kroch Punkt zwei Uhr, als sei ihren Nervenzentren ein Uhrwerk eingebaut, von ihrem Lager und setzte sich der Frau vor die Füße. Wenn sich diese aus irgendeinem Grunde nicht regen wollte, zum Beispiel gerade ihre Wäsche flickte, stellte sich der Hund nach einiger Zeit auf die Hinterbeine und strich mit der einen, zierlich erhobenen

Pfote mahnend über Frau Ancsas Arm, wonach er wieder vor deren Fußschemel Platz nahm. Verging noch mehr Zeit auf diese fruchtlose und widersinnige Weise, so wiederholte der Hund die Mahnung; und wenn auch das nichts half, fing er sehr laut und spöttisch zu gähnen an. Spöttisch, sagen wir, aber wir fassen damit mehr nur die Eindrücke Frau Ancsas als unsere eigenen Ansichten zusammen. Vermutlich kennen die Tiere den Spott, diesen arglistigen Zeitvertreib des Geistes nicht, der nur niedrigen, bösartigen Naturen ein Vergnügen macht. In dieser Auffassung bestärkt uns auch die Tatsache, daß der Hund Niki gleich nach seinem angeblich spöttisch gemeinten Gähnanfall seine Herrin mit den eindeutigsten Liebesbezeugungen überhäufte. Er stellte sich wieder auf die Hinterbeine, legte den Kopf auf Frau Ancsas Knie, heftete den Blick auf ihr Gesicht und begann tief und zärtlich zu schnaufen. Manchmal verharrte er fast eine Viertelstunde reglos in dieser unbequemen Stellung. Er badete sich in der Körperwärme der Frau und teilte ihrem Oberschenkel als Gegengabe sein eigenes, leidenschaftlich heftiges Herzklopfen mit; dabei gab er zuweilen einen kleinen schnurrenden Laut von sich, da ihm Frau Ancsas Knie ein wenig an der Gurgel drückte und darin die Luft anhielt. Wenn die Herrin besänftigend über seinen Kopf strich, wedelte er sogleich begeistert mit dem Schwanz, aus dessen gestutztem Ende drei lange weiße Haare hervorragten. Der Hund gab die einzige restliche Freude seines Lebens, den mit Steinjagd verbundenen Spaziergang, ohne jeglichen Klageton für eine Liebkosung hin. Niki hatte ein empfindsames Wesen.

Wenn die Hinterbeine von dem langen Männchenmachen steif geworden waren, setzte sich Niki wieder vor den Schemel. Sie hatte vorher gefressen, nun wurde sie müde. Man weiß, daß Hunde, darin Napoleon ähnlich, überall und zu jeder Zeit einschlafen können. Es machte Spaß zu beobachten, wie Niki, genau wie ein sitzender Mensch, allmählich vom Schlummer überwältigt wurde. Sie blinzelte ein paarmal, ihr Kopf nickte und fiel auf die Brust. Von der plötzlichen Erschütterung kam sie wieder zu sich, erhob den Kopf und warf ihren schwarz glänzenden Blick erneut auf die Frau. Sie betrachtete die Herrin eine Weile, bis sie dann wieder zu blinzeln und zu nicken begann. Ihre Augen schlossen sich nun sekundenlang, schon war von ihnen lediglich ein schmaler, dunkler Strich zwischen den Wimpern zu sehen. Endlich stieß Niki einen tiefen Seufzer aus, wie einer, der sich seinem Schicksal beugt; sie legte sich auf die Seite, streckte alle viere von sich und schlief ein.

Wenn sie aber endlich zum Kai gelangte, strömte in ihren abgemagerten, schmalen Leib das Leben mit solcher Kraft und Fülle zurück, daß es unter dem stellenweise schon abgewetzten, schütteren Fell kaum noch Platz fand. In diesen Augenblicken schien Niki seit ihrer frühen Jugend nur darin gealtert, daß sie schwächer im Körper geworden war – aber unersättlich in der Seele: sie verkraftete nicht mehr, was sie begehrte. Gern hätte sie den ganzen Tag weitergespielt, sie hätte nie mehr aufhören mögen, wären nur Muskeln, Herz und Lunge nicht hinter ihren Wünschen zurückgeblieben. Im Augenblick, da man die Donau erreichte und die Frau sich bückte, um den ersten Stein aufzuheben, schien sich plötzlich der Kai in seiner ganzen Länge mit Nikis allgegenwärtigem rasenden weißen Körper und ihrem ohrenbetäubenden scharfen Gekläff zu füllen. Der Hund wickelte allein, ganz ohne fremde Beihilfe, einen so dichten und lebhaften Verkehr ab, daß sich die Passanten, die auf dem oberen Kai vorübereilten, oft über die Brüstung neigten, um die lärmende Sehenswürdigkeit lachend oder gereizt zu bewundern. Wir schulden der Wahrheit die bedauerliche Feststellung, daß zu dieser Zeit die Zahl der verstimmten Gaffer bei weitem überwog: die Abschaffung der Rationierung, welche beträchtliche Preiserhöhungen und die unaufhaltsame Senkung des Lebensniveaus mit sich gebracht hatte, verdüsterte schon seit langem die Gemüter. Die boshaften Bemerkungen über den *Luxushund* mehrten sich, und bisweilen vernahm man sogar Ausrufe wie »die Leute hungern, und diese können sich Hunde leisten« oder Fragen wie »Geben Sie dem Süßen Wiener oder Debrecziner Würstchen zu fressen?« Doch Frau Ancsa, die dem öffentlichen Aufsehen sonst nach Möglichkeit aus dem Wege ging, hätte nun um Nikis willen, antiken Müttern gleich, nicht einmal ein Blutopfer gescheut. Ihr Gewissen war rein.

Sie bückte sich und nahm einen Kieselstein. Der Hund schwang sich mit derselben Geschwindigkeit in die Höhe, mit der die Frau ihren Arm erhob, als wollte er den Stein noch im Flug erhaschen: dann drehte er sich um die eigene Achse und wirbelte dicht an die Beine der Frau heran. Solange diese den Stein in der Hand behielt, kreiselte und strudelte das Tier ununterbrochen in der Luft und ließ sich erst wieder auf seine etwas zu lang geratenen vier Beine fallen, als der Kiesel endlich in hohem Bogen seine Bahn begann. Leider pflegte Frau Ancsa, wie die meisten Frauen, aus der Schulter statt aus dem Handgelenk und Ellbogen zu werfen. So flog der Stein höchstens zehn bis fünfzehn Meter weit: ein lächerlicher Abstand, nur für den hohlen Zahn, würden wir sagen, falls Nikis Zähne nicht samt und sonders untadelig gewesen wären. Dem Hund blieb kaum Zeit, um kurz und scharf zu kläffen – schon hatte er die Beute eingeholt und behutsam zwischen die kerngesunden Zähne geklemmt. Er brachte sie mit leicht seitwärts geneigtem Körper, den Kopf tief über das Pflaster gebeugt, fröhlich trabend zu Frau Ancsa zurück. Diese bückte sich und warf den Stein wieder fort.

Natürlich sah die Sache völlig anders aus, wenn ein Mann das Spiel, beziehungsweise den Kieselstein in die Hand nahm, etwa Frau Ancsas Untermieter, ein Mechaniker der Ganzschen Elektrizitätswerke, der späteren Clemens-Gottwald-Werke, der – ganz im Gegensatz zu den Sitten und Bräuchen des Untermietervolkes – schon kurz nach seinem Einzug Freundschaft mit der stillen, traurigen Frau und ihrem Hund schloß. Er begleitete die beiden in Gesellschaft seiner eigenen Ehefrau öfters zum Kai und erwies sich allmählich als die verkörperte Widerlegung des in Budapest stark verbreiteten Aberglaubens, demzufolge sich der Mensch schlecht mit dem Menschen verträgt. Dieser kleine bebrillte Arbeiter entwickelte sich merkwürdigerweise nicht einmal als vom Wohnungsamt eingewiesener Untermieter zum blutrünstigen Tiger oder zur leichenfressenden Hyäne; nicht nur unterließ er, Frau Ancsa allnächtlich mit der bloßen Hand zu würgen, sondern er lud sie sogar von Zeit zu Zeit zu einem Gläschen Wein, den Hund zu einigen fetten Kalbsknochen ein, die er im Betrieb gesammelt hatte, und redete zu den beiden mit menschlicher Stimme und auf gut ungarisch. Manchmal fragte er, ob schon Nachricht von Ancsa gekommen sei, und wenn keine gekommen war, versuchte er, die Frau zu trösten.

Er desinfizierte anschließend weder seine Zunge noch seine Hände und erwachte anderntags trotzdem gesund in seinem Bette. Mit einer Kühnheit, die wir bei einem so klein gewachsenen Brillenträger fast als lächerlich bezeichnen möchten, unterstand er sich, Frau Ancsas Angelegenheit selbst im Betrieb zur Sprache zu bringen und den Sekretär des Parteiausschusses einmal zu befragen, ob man die Frau eines politischen Verbrechers, die selber unschuldig sei, im Interesse des Sozialismus unbedingt zum Hungertod verurteilen müsse.

Sobald nun Patyi das Steuer, das heißt den Kieselstein ergriff, änderte sich die Sachlage. Da er aus dem Handgelenk und dem Ellbogen schleuderte, ganz nach tüchtiger Männerart, hatten beide Parteien Spaß an dem Spiel. Niki durfte nach Herzenslust mit schönen, langen Sprüngen dem weitfliegenden Stein nachsetzen, und sie brachte ihn in überschwenglichem Galopp mit der zufriedenen Miene desjenigen zurück, der seine Arbeit redlich verrichtet hatte. Nikis Wirklichkeitssinn störte sich nicht daran, daß der Stein keine vier Beine, keinen Hasengeruch und keine rückwärtsragenden Ohren besaß; was ihr das Leben verweigerte, ersetzte sie mit ihrer kindlich biegsamen, reichen Phantasie. Es war eine wahre Wonne zuzusehen, wie Niki für diese kurzen Minuten die eigentümliche Kraft und Schönheit ihres Wesens noch einmal in ihrem Körper versammelte und wie sich jeder Muskel und jede Sehne erneut in den Dienst jener Ganzheit stellte, als welche Niki von der Natur erdacht worden war. Frau Ancsa genoß vor allem die Augenblicke, in denen die Hündin darauf wartete, daß der bereits erhobene Stein fortflog. Die langen, zitternden Beine sprungbereit eingezogen, den ganzen Körper spannungsvoll niedergekauert, mit ihren geballten Muskeln halb so groß wie gewöhnlich – so starrte die Hündin bewegungslos zur Hand empor, die über ihrem Haupt den Stein hin- und herschwang. Der Herrin schien, als wäre Nikis ganze Lebenskraft in den Glanz der dunklen Augen geströmt. Hätte Frau Ancsa das Emblem der Aufmerksamkeit zeichnen sollen, so wäre ihre Wahl auf diesen schmalen Hundekopf gefallen, mit dem gierigen Schimmer der Pupillen im tierischen Gesicht, das nun ein Abbild des Verstandes selbst war; auf diesen Kopf, hinter dem der schlanke Leib einem anlaufenden Motor gleich fein erbebte und sich mit all seinen Fibern dem Auftrag entgegenspannte, den es zu erfüllen galt. Im Augenblick, da der Stein fortflog, stürzte die im Blick verdichtete Kraft in den Körper zurück. Niki warf sich in die Höhe, drehte sich um die eigene Achse und rannte unwahrscheinlich geschwind, unter ersticktem, scharf wiederholtem Gekläff, mit flatternden Ohren und weit ausgestreckten Beinen davon. Wie vielleicht schon erwähnt, konnte bei diesen Gelegenheiten kein ausgewachsener Schäferhund mit Niki Schritt halten.

Offensichtlich vergnügte sich Niki besser, wenn der Untermieter sie rennen ließ; sie war sogar bereit, Frau Ancsa manchem spielfreudigen Unbekannten zuliebe zeitweilig zu verlassen. Beschämt gestehen wir, daß man die Hündin mit einem gemeinen Kieselstein, mit der Aussicht auf einen kleinen Jux wohl bis zum Ende der Welt hätte locken können. Wenn sie sich an irgendeinen fremden Mann hängte, rief und beschwor Frau Ancsa sie umsonst, ließ umsonst ihren vertrauten und geliebten Pfiff ertönen – die Hündin scherte sich nicht darum. Mit steif emporgerecktem Schwanz trabte sie hinter dem Fremden her und blickte höchstens ein- oder zweimal zur Herrin zurück. Dieser schien, als offenbare Nikis Blick eine gute Portion an unbekümmerter, ja frecher Gesinnung, welche sich etwa in den Worten *pfeife nur soviel du willst!* hätte ausdrücken lassen. Mit einigem Wohlwollen könnte man freilich auch behaupten, daß sich Niki bedauernd umsah, etwa mit dem Sinngehalt *leider ist's stärker als ich, küsse die Hand und auf Wiedersehen!* Wie dem auch sei, fühlte sich die Frau bisweilen in ihrem Vertrauen erschüttert und fing an, nun selbst an der Ehrenhaftigkeit der Hunde zu verzagen. Aber von diesen kurzen und seltenen Zwischenspielen abgesehen, taten die regelmäßigen Nachmittagsspaziergänge mit ihrer bescheidenen Abwechslung nicht nur dem Hund, sondern auch der Frau wohl. Sie wurde reich, indem sie einen anderen beschenkte.

Dem Hund nützte die tägliche Arbeit. Wollen wir Arbeit sagen? Ja, um eine Arbeit handelte es sich zweifellos, wenngleich gewissermaßen um eine Sisyphusarbeit, keineswegs gleichwertig mit einer erfolgreichen oder selbst erfolglosen Hasen- oder Rattenjagd, welche unberührt von der Erbsünde gleichzeitig zielbewußte Arbeit *und* Vergnügen war. In der Welt der Tiere, meinen wir, gibt es keinen Unterschied zwischen diesen beiden Begriffen, deren anfängliche Einheit erst unter der plumpen Hand des Menschen zerbrach. Demzufolge war von Niki aus gesehen die Hetzjagd nach Hasen eine zum Vergnügen gewordene Arbeit, die Jagd nach den Steinen hingegen – trotz all ihrer prickelnden, kräftigen Wonne – ein zur Arbeit gewordenes Vergnügen. Vergnügen, das wie das frühere Ballspiel allmählich zur Sucht ausartete. Der Hund schleppte die Kiesel selbst in die Wohnung hinauf: auch dort wollte er weiterarbeiten. Überall im Zimmer lagen Steinchen herum, und die Frau räumte sie umsonst aus dem Wege, am anderen Tage stolperte sie wieder über eins, das der Hund unter dem Teppich verborgen oder soeben aus einem ihm allein bekannten Versteck hervorgescharrt hatte. Er stellte sich auf die Hinterbeine, als wollte er sich auf eine dahinschleichende Maus stürzen, zielte mit den Vorderbeinen auf den Stein, schnappte nach ihm, ergriff ihn mit den Zähnen und lud ihn siegesstolz vor Frau Ancsas Schuhen ab. In seiner Jagdleidenschaft hatte er sein nüchternes Urteil schon dermaßen eingebüßt, daß er den Kiesel einmal, als die Herrin auf dem Sofa ruhte, vor deren abgelegte Schuhe legte, sich sodann unter heftigem Wedeln, mit selig strahlenden Augen sprungbereit niederkauerte und wartete, daß der Schuh den Stein fortstieß.

Die allgemeine Stimmung wollte sich nicht bessern. Untermieter Andreas Patyi, der schmächtige kleine Mechaniker mit der Brille, der die Erfüllung und sogar die Übererfüllung des Plansolls für notwendig hielt, konnte am Abend der zweiwöchentlichen Lohnauszahlungen seine Frau und seine durch den Wortwechsel erwachten eigenen Zweifel kaum noch besänftigen. In einem Augenblick ungewöhnlicher Erbitterung gestand er sogar Frau Ancsa, daß, obgleich die Planung eine gute Sache, dieser besondere Plan, wie er sagte, »nicht auf unsere Taille gearbeitet« sei. Die Leute würden sich umsonst abrackern: so viel, wie für die tausend Ämter und die Autos mit den verhangenen Scheiben gebraucht werde, könne das Land nicht verdienen. »Viel Kontrolle, wenig Wolle« – wiederholte er seine Lieblingswendung, mit der er bei einer Parteibetriebsversammlung einen laut herausplatzenden und dann schnell wieder abgedämpften Beifall geerntet hatte.

Patyi kam an einem Zahltag sternhagelvoll nach Hause. Der Hund, der im Laufe ihrer langen gegenseitigen Freundschaft den Untermieter noch nie betrunken gesehen hatte, lief beim ersten Schlüsselklirren zum Korridor hinaus und tanzte mit seinen wohlbekannten, festlichen Hochsprüngen Patyi entgegen. Im nächsten Augenblick hörte Frau Ancsa im Wohnzimmer ein langgedehntes Geheul, dem ein dumpfer Aufprall und ein leises Ächzen folgten.

Am nächsten Tag verging Patyi fast vor Scham und versuchte mehrmals, Frau Ancsa im Korridor zu treffen, ohne Zweifel, um einige Worte des Bedauerns vorzustottern; doch diese wich der Begegnung aus und mied die Payis auch während der folgenden

Tage. Schließlich klopfte der Mechaniker bei ihr an und entschuldigte sich, während er seine Brille auf der Nase hin- und herschob; auch Frau Patyi bemühte sich anschließend, Verzeihung für ihren Mann zu erwirken, indem sie beteuerte, daß dieser sich seit zehn Jahren zum erstenmal betrunken habe; ferner, daß dies auch jetzt nicht aus purer Freude geschehen sei, sondern vielmehr, weil man ihn als Propagandisten für die Zeichnung der Dritten Friedensanleihe eingeteilt habe; es solle das Volk vom erhöhten Lebensstandard überzeugen. Frau Ancsa verstand Patyis Kummer, doch stellte sich die alte vertraute Beziehung zwischen den beiden Familien nicht wieder her. Niki wäre mit ihrem versöhnlichen, sanften Frauenherzen gleich anderntags in den Korridor gestürzt, um Patyi zu begrüßen; aber Frau Ancsa ließ es nicht zu. Die brennende Wunde war noch so frisch, daß ihr selbst auf die kleinste Berührung Tränen in die Augen stiegen. Seitdem sich Frau und Hündin mit der Mechanikerfamilie angefreundet hatten, erwartete Niki – als hätte sie ihren früheren Herrn ganz aus dem Sinn verloren – nachmittags die Heimkehr des Untermieters. In der Nacht horchte sie nicht mehr auf die Torklingel. Wenn sie wußte, daß Patyi in der Wohnung war, zog sie sich beim Anzünden der Lichter beruhigt auf ihr Kissen zurück und nickte in wenigen Minuten ein. Vielleicht trug Frau Ancsa dem Arbeiter auch deshalb sein Vergehen so unversöhnlich nach. Die Gedanken der Hündin weilten nicht mehr beim Ingenieur. Ob sie ihn vollkommen vergessen hatte, können wir natürlich nicht sagen, und wir wollen auch die Annahme nicht ganz von der Hand weisen, daß ihr das nachmittägliche Schlüsselgeräusch des Patyi das abendliche Geklirr des Ancsa heraufbeschwor und die Heimkehr des Gegenwärtigen die des Verschollenen. Es läßt sich aber nicht leugnen, daß Niki nun ausschließlich zwischen fünf und sechs Uhr dicht hinter der Türe dem Verkehr des Treppenhauses lauschte und den Nachtdienst, da Patyi über Nacht nie ausblieb, eingestellt hatte. Es trifft zu, daß sie zuweilen aus ihrem Schlaf hochfuhr und auf die Türe zuging; doch blieb sie meistens auf dem halben

Wege stehen, drehte sich um und trollte in ihre Ecke zurück. Übrigens, wie, in welcher Sprache, durch welche Zeichen hätte der Hund Frau Ancsa überzeugen können, daß er den Ingenieur immer noch erwartete?

Oder wollte die Frau, daß dem Tier das Herz brach? Ach, auch ihr Herz war verwundet, aber es brach nicht. Es ist dem Menschen eigentümlich, daß er stets mehr von den anderen erwartet als von sich selbst, und sogar taktvolle, milde Frauenseelen verlieren das Maß in der Selbstsucht ihrer Liebe. Ja, es kommt auch bei vielerfahrenen, geübten Staatsmännern vor, daß sie dem Volk etwas aufbürden, was sie selbst nur ungern auf sich nähmen: Untermieter, Eintopf am Mittag und am Abend, Straßenbahnfahrten zum Arbeitsplatz, moralische Sauberkeit und Opfertod. In der Tiefe ihres Herzens hätte sich auch Frau Ancsa nur zufriedengegeben, wenn Niki nach dem Verschwinden des Ingenieurs tot umgefallen wäre.

Als Frau Ancsa ihren Mann zum erstenmal im Zentralgefängnis wiedergesehen hatte, ließ sie zu Hause den Überfluß ihrer Gefühle gleichwohl von Niki abschöpfen. Sie schluchzte und nahm den Hund auf ihren Schoß. Dieser hatte die Frau selten weinen gesehen, und ihre Erregung sickerte bald in seine fein verästelten Nerven ein. Er drehte sich auf ihren Knien hin und her, fing dann an, selber zu winseln und stieß mit seiner kühlen schwarzen Schnauze spaßhaft gegen Frau Ancsas Gesicht. Es war seine Angewohnheit, wenn er ein Vergehen entschuldigen oder eine Bitte vortragen wollte, seine Oberlippe hochzuziehen und dabei die Zähne zu blecken, als grinse er mit seiner tierischen Miene; und er versuchte unter eifrigem Gehüpfe die Wangen der Frau mit seinem glänzenden Gebiß und seiner rosigen Zunge zu erreichen. Auch jetzt fing er an, angesichts Frau Ancsas Tränen freundlich die Zähne zu fletschen; dann richtete er sich auf ihren Knien auf und fuhr ihr, da sie das Antlitz in den Händen verbarg, mit seiner heißen Zunge erregt über den Nacken.

Eine Wespe flog durch das offene Fenster herein. Niki sonnte sich im tabakbraunen Ripssessel.

Von draußen schaute der Schloßberg mit dem beschädigten Turm der neugotischen Krönungskirche ins Zimmer, wie ein weit zurückgeschobenes Lichtbild. Die Wespe schien unmittelbar von der Spitze des winzigen Turmes hergeflogen zu sein, ein zum Leben erwachtes, zierliches Ornament. Der Hund verfolgte ihren Zickzackflug bloß mit dem Blick. Sooft die leichte Zugluft ihres Summens ihm über das Fell strich, richtete er auch die Ohren auf. Es war warm. Manchmal erhob sich eine Brise und fegte von der Donau, die glitzernd unter dem Fenster lag, einen dünnen Wassergeruch in die Wohnung. Man witterte den heißen Asphaltdunst der im Sonnenschein schmelzenden Straße und die Benzinschwaden des surrenden Autoverkehrs. Auf einem quer durch das Zimmer gespannten Seil trocknete frisch gespülte, blitzsaubere Wäsche; frech und fröhlich antwortete sie dem sonnigen Wasserduft der Donau.

Unten am Mari-Jászai-Platz herrschte ein solches Frühlingsprießen, daß man vor lauter aufplatzenden Knospen kaum noch die Linie 2 klingeln und die Autos vom entfernteren Stephansring hupen hörte. Durch die Anlage schritten Spaziergänger; das Knirschen des Kieses ließ sich vom schwerelosen Duft des Blattgrüns ins Zimmer emportragen. Manchmal tönte auch ein schwaches, wie verkleinertes Hundegebell herein. Niki regte sich nicht, nur ihre feinen Nüstern verzog sie nach rechts oder links, wo der hergewehte Geruch gerade entschwand.

Schauen wir ihr genau zu: nun setzt sie sich auf und gähnt aus voller Kehle; vor lauter Entzücken schließt sie die Lider. Ihr Maul spaltet sich so weit, daß von dem Gesicht fast nichts zu sehen bleibt: ein unverfälschtes tierisches Gähnen, vom hohen, dünnen Aah der Wollust begleitet, das den ganzen Kopf erzittern läßt und den Augen beinahe Tränen entlockt. Die Wespe umsummt soeben Nikis Schnauze. Als die Hündin das Gähnen beendet, sperrt sie das Maul wieder auf und schnappt mit lautem Zähneklappen nach dem Insekt – nicht gewillt freilich, es wirklich zu erhaschen. Unter ihren Erinnerungen bewahrt sie auch die an einen schmerzhaften Wespenstich auf, den sie keineswegs wieder her-aufbeschwören möchte. Die Wespe fliegt fort. Niki blinzelt ihr ein wenig nach und legt sich befriedigt in ihren Sessel zurück. Ihre weißen Haare glühen vor Sonnenschein, als wollten Funken aus ihnen sprühen.

Wir möchten nun auf einigen Seiten einen schönen Tag des Hundes und der Herrin beschreiben, ihren einzigen schönen Tag in der Reihe der bedrückenden, lastenden Tage, die diesem einen vorangingen und folgten. Er trat aus der Gruppe seiner finsteren Genossen, wie ein junges, lächelndes Mädchen nach seiner Genesung aus dem Krankensaal mit den dumpf riechenden Sterbebetten tritt. Durch nichts wurden die sprudelnden Freuden der folgenden Stunden getrübt, nicht einmal durch jenen ärgerlichen Wespenstich (im übertragenen Sinne), den sich Niki vor der Dämmerung doch noch holte. Aber wir wollen den Ereignissen nicht vorgreifen.

Es war Sonntag, und man weiß, wie diese Krönung der Woche auch noch den griesgrämigsten Städten eine gewisse naive Feier-lichkeit und Reinheit verleiht. Selbst wer während der ganzen Woche müßiggig und auch feiertags wenig mit seinem Leben anzufangen weiß, fühlt sich unversehens etwas heiterer gestimmt. Der Arbeiter aber zieht seinen sauberen Anzug an, die Hausfrau kocht ein festliches Essen, die jungen Leute stürzen sich mit der Straßenbahn, auf Motorrädern oder in Faltbooten in die ewig ju-gendlichen, wenn auch altmodischen Arme der Natur. Ein strah-lender Sonntagmorgen im Frühjahr läßt selbst den Greis auf dem Laken seiner Betrübnisse sich aufsetzen und auf seine längst ent-schwundene Jugendzeit besinnen: auf den überschäumenden Humpen Bier, den er einst in der Hüvösvölgyer Waldgaststätte an der Seite seiner niedlichen, rotwangigen Braut getrunken hatte.

Vince Jegyes-Molnár holte Frau Ancsa und den Hund, wie verab-redet, vormittags um zehn in einem Motorrad mit Beiwagen ab.

Sie wollten nach Csobánka fahren, wo die Frau – wie wir wissen – vor langen Jahren einen glücklichen Frühling und Sommer mit ihrem damals noch in Freiheit lebenden Ehemann verbracht hatte. Jegyes-Molnár wartete ferner mit einer Überraschung auf, über die er schon vorher einige geheimnisvolle Andeutungen hatte fallen lassen: er brachte einen Passierschein für einen Besuch im Zentralgefängnis am nächsten Wochenende mit. Frau Ancsa hatte ihren Mann erst ein einziges Mal seit der Trennung gesehen; die Hoffnung auf eine baldige und sei es noch so kurze Begegnung – oder allein schon die Gewißheit, daß der Ingenieur noch am Leben war – glättete Frau Ancsas allmählich etwas faltig gewordene Stirn, die Csobánka einst furchenlos und jugendlich gesehen hatte, übermalte mit einem zarten Rosa ihre Wangen, die auch von den Strahlen der Sonne leicht erglühten, und gab ihrer fast schon gebrochenen, schartig gewordenen Stimme einen frischen Klang. Im Nu hatte sich Frau Ancsa verändert und erholt, was auch Niki bemerken mußte. Die Lebensgeister der beiden waren so eng verbunden, daß Nikis Stimmung, dem Gesetz der kommunizierenden Röhren gemäß, alsbald in die Höhe schoß.

Auch der offene, wacklige Beiwagen schüttelte die Lachlust der Gäste auf, obwohl Niki zu Anfang sorgenvoll der zurücksausenden Welt nachblickte. In den ersten Minuten mußte sie sogar festgehalten werden, damit sie nicht Hals über Kopf aus dem rasenden Fahrzeug sprang; doch als die Stalinbrücke in Sicht kam, legte sie sich schon in Frau Ancsas Schoß, schlief vor der Römersiedlung Aquincum ein, wurde bei Budakalász vom Gebell der Dorfhunde geweckt und setzte sich, als man bei Pomáz auf die Landstraße nach Csobánka einbog, heftig schnüffelnd wieder auf. Vermutlich erkannte sie den Waldgeruch des Pilisgebirges.

Stellen wir uns Frau Ancsas Seelenzustand vor, als sie über den schmalen Holzsteg den Garten betrat, in dem sie mit ihrem Mann fast ein volles glückliches Jahr verbracht hatte. Wenn unser Gemüt diesen Zustand auch nur annähernd nachfühlen kann, der sich zugleich von Vergangenheit und Zukunft, von Leben und

Tod nährte, dessen Sturmwind in einem einzigen Augenblick den Schutt zahlloser Erinnerungen und den leuchtenden Schleier einer einzigen Hoffnung in die Luft wirbelte: wenn wir imstande sind, uns diesen außergewöhnlichen Seelenzustand der Frau zu vergegenwärtigen, so mögen wir gleichzeitig auch begreifen, wie es der Hündin zumute war, als sie ihre Geburtsstätte wiedersah, an welche sich die erste, selige Zeit ihrer Jugend knüpfte. Natürlich müssen die Unterschiede beachtet werden. Denn angenommen, daß Niki mit den schwachen Werkzeugen ihrer Vernunft Gegenwart und Vergangenheit trennen und vergleichen konnte – was konnte sie selbst dann von der Zukunft wissen? Was konnte sie davon wissen, was ihr auch nur der nächste Tag brachte? Freilich: was weiß in unseren labyrinthischen Zeitläuften selbst der Mensch davon? Seine Augen sehen lediglich etwas weiter in die Vergangenheit und Zukunft als die eines Hundes. So sah Frau Ancsa voraus, daß sie den Abend wohl wieder in ihrer Wohnung am Mari-Jászai-Platz, dem vormaligen Rudolfsplatz, zubringen würde, während der Hund nicht einmal davon etwas wußte. Er mochte selbst meinen, daß man nun auf immer in Csobánka blieb. In seiner gänzlichen Abhängigkeit von den Menschen glich er aber wiederum den Menschen: etwa dem Gefangenen, der nicht weiß, warum man ihn ins Gefängnis sperrt und wie lange man ihn dort behält, oder dem Betriebsleiter, der in der Stunde seiner Ernennung nicht ahnen kann, wie lange er an der Spitze der Unternehmung wird bleiben dürfen; oder dem Angestellten der staatlichen Verkaufsorganisation *Für alle*, der nicht begreift, warum man ihn über Nacht in eine andere Filiale versetzt, die am jenseitigen Ende der Stadt liegt, anderthalb Stunden Straßenbahnfahrt von seiner Wohnung entfernt; oder dem linientreuen Schriftsteller, der nicht weiß, wozu er gerade die Ansicht vertreten muß, die er vertritt, und dem Leser, der nicht weiß, wozu er das Geschriebene noch liest. Nur die wechselseitige Liebe kann derartige Abhängigkeiten erträglich machen, und im Falle Nikis war sie auch reichlich vorhanden. Sobald jedoch die Liebe fehlt …

Aber sprechen wir nicht davon! Wir wollen von einem schönen Tag berichten.

Wenn wir uns also in Nikis Seele denken, die bei ihrer schwankenden und unbestimmbaren Substanz selbst die heitere Möglichkeit enthielt, Csobánka nun nie mehr zu verlassen, so sehen wir beinahe auch schon die körperlichen Formen ihres Glückes vor uns. Für keinen Augenblick zog sie ihren Schwanz, diese wehende kleine Flagge, ein. Die Schnauze dicht über dem Boden, trabte sie ohne Stillstand im sonnigen Garten umher und kehrte immer wieder zu manchem vertrauten Fliederbusch, zum großen Nußbaum oder zu den Stufen des Eingangs zurück, die von ihren ersten dörflichen Verehrern vor etlichen Jahren so ausgiebig, und zwar nicht mit Tränen, begossen worden waren. Manchmal schoß sie mitten im Galopp, ohne jeglichen sichtbaren Grund, auf den Federn ihrer Seligkeit in die Luft und kläffte leise, als könnte sie ihr Lachen nicht unterdrücken. In ihrem grenzenlosen Übermut fegte sie jetzt keck und ohne Gewissensbisse durch die Blumenbeete, die den Rasen umrahmten und die sie früher ebensowenig wie den kleinen Gemüsegarten hatte betreten dürfen; sie wandte ihre weiße Unschuldsmiene Frau Ancsa zu, hockte nieder und verrichtete ihre Notdurft.

Sie schien sich in ihrem Glück von allen Sünden loszusprechen. Als die drei den Garten besichtigt hatten, begaben sie sich auf einen Spaziergang; voran schritt der Hund, hinter ihm gingen Frau Ancsa und Jegyes-Molnár einher. Dieser bot der Frau seinen Arm, die, von der ungewohnten freien Luft und wohl noch eher vom Wirbel der Erinnerungen etwas schwindlig und müde, nicht sehr fest auf den Füßen stand. Die Sonne schien mit redlicher Frühlingskraft, die Bäume und Büsche hielten ihr zuversichtlich die frisch entfalteten hellgrünen Blätter entgegen, welche gleich tausend winzigen Spiegeln das Sonnenlicht über die dunstige Erde ausstreuten. Auch die Luft leuchtete, wie mit einem Eimer voll Goldglanz übergossen.

Niki lief als erste aus dem Garten. Sie wartete nicht einmal ab, daß man ihr das Tor öffnete; sobald sie sah, daß man am Aufbrechen war, rannte sie zur Rinne und preßte sich fröhlich unter dem Gitter durch. Die Jahre hatten ihre Schlankheit nicht beeinträchtigt – freilich, es waren keine üppigen Jahre gewesen. Auf der schmalen Holzbrücke, unter der die Frühlingsschauer das sonst so unansehnliche Bächlein hatten anschwellen lassen, war ein morsches, zerfallenes Brett noch immer nicht ausgetauscht worden; Niki lief gleich zur vertrauten Lücke und steckte die Schnauze, ganz wie früher, für einen Augenblick hindurch. An der Böschung des Grabens wuchsen Brennesseln, mit deren zarteren Blättern die Besitzer des Hauses einst ihre Enten zu füttern pflegten; auch ihnen stattete Niki einen Besuch ab, stieg vorsichtig in das steile Gestrüpp hinunter, aus dem bald nur noch ihr weißer, winkender Schwanz hervorschien.

Bekanntlich sind Hunde, und erst recht Hundeweibchen, von Natur neugierig. An diesem heißen Frühlingssonntag schien Nikis Neugierde meist in die Vergangenheit zurückzublicken, als wollte sie ihren Heimatort Busch für Busch, Telegraphenstange für Telegraphenstange, Grashalm für Grashalm befragen, was sich verändert und was sich erhalten habe, seitdem sie zum letzten Mal hier gewesen. Jegyes-Molnár, der mit der immer noch etwas schwachen Frau am Arm behaglich hinter Niki herschlenderte, konnte keinen Sinn in der Zickzackbahn der Hündin entdecken; er konnte nicht erraten, warum diese so aufgeregt umherschnüffelte, fast nach jedem Schritt stockte, weiterlief und zurückkehrte – doch die Frau verstand jede einzelne Bewegung. Als die Gesellschaft über den Holzsteg die Pomázer Landstraße betrat, wandte sich Niki sofort nach links und trabte mit sichtlicher Eile die Villenreihe entlang; aber nach etwa dreißig Schritten bremste sie plötzlich, blieb zögernd mitten auf der sonnigen Landstraße stehen, drehte sich schließlich um und trottete mit eingeklemmtem Schwanz zu Frau Ancsa zurück. Offenbar hatte sie beabsichtigt, ihren ersten Besitzer, den Oberst außer Dienst, aufzusuchen und die Stätte zu begrüßen, an der sie zum ersten und einzigen Male geboren und gestillt hatte. Doch schien ihr eine ferne, dunkle Erinnerung den Weg zu verstellen, eine Erinnerung, deren Gegenstand vielleicht schon längst vergessen war, die aber ein vages Angstgefühl hinterlassen hatte, das in Nikis Herzen und Hirnzellen nun wieder aufstand und um sich schlug. Die Hündin kehrte zurück, als hätte man eiskaltes Wasser auf sie geschüttet.

Jegyes-Molnár verstand auch nicht, warum der Arm der Frau erzitterte, als man die Haltestelle des Pomázer Autobusses erreicht hatte, und warum der Hund zum Halteschild lief und die Eisenstange mitsamt dem flachgetretenen Rasen atemlos umschnupperte. Niki verweilte hier mehrere Minuten, und Frau Ancsa, die inzwischen am Arm ihres Freundes langsam weitergegangen war, hielt nach einer Weile an, wohl um auf den Hund zu warten. Unterwegs zum Dorf gingen sie an einem Garten vorbei, vor dessen Zaun drei mächtige Silberpappeln standen. Es waren schöne uralte Bäume, die mit ihrem ins Sonnenlicht ragenden Riesenwuchs wie drei langgediente, zuverlässige Flurhüter der Natur das kleine Bauernhaus bewachten, welches sich weit hinter ihrem Rücken niederduckte und nur seine handbreiten Fensterscheiben durch die Jasmin- und Spiräenhecken schimmern ließ. Frau Ancsa hatte noch nicht vergessen, wie gern sie bei ihrem früheren Aufenthalt diese alten Bäume zu betrachten pflegte; wenn der Wind kam, flatterten die winzigen Blätter wie hunderttausend Schmetterlinge um die unerschütterlichen Stämme und erweckten im Zuschauer gleichzeitig die Bilder der männlichen Kraft und des anmutigen Schwebens. Doch weshalb blieb auch der Hund vor diesen Bäumen stehen und sprang mit wütendem Gekläff an ihnen hoch, als wollte er emporklettern? Erst nach einigen Minuten fiel Frau Ancsa jene längst vergangene mondhelle Julinacht ein, in der ihr Mann mit einer geliehenen Donnerbüchse zur Eulenjagd hierhergezogen war; in einem der Bäume hauste damals eine Uhufamilie, die die Bewohner der umliegenden Villen allnächtlich mit unerträglichem Gekreisch und Gekrächz aus dem Schlaf

85

scheuchte. Niki begrüßte mit ihrem Gebell das unvergängliche Bild dieser frohen Jagd dort oben in der Krone der Silberpappeln. Aber die Eulenbrut war wohl fortgezogen, vielleicht gar ausgestorben. Der Hund umschnupperte auch noch den dritten Stamm, blickte Frau Ancsa an, deren Augen feucht wurden und lief freudig wedelnd weiter.

Es war ein schöner Tag, voll heiterer Auferstehungen. Nach dem Haus der drei Silberpappeln zweigt rechter Hand ein Fußsteig von der Landstraße ab; wieder hilft uns eine kleine Holzbrücke über den Graben, dessen Böschung an dieser Stelle flacher und breiter wird. Selbst in den heißen Sommertagen bleibt hier ein wenig Wasser stehen, auf dem gewöhnlich eine Gänse- oder Entenschar von wechselnder Größe ihre Schwimmhäute und flinken Schnäbel übt. Sooft Niki vorüberging, sprang sie schon von der Landstraße in die Pfütze und erregte eine lächerliche Verwirrung unter den badenden Gänsen und Enten, die mit mächtig klatschenden Flügeln, in Todesangst gackernd und schnatternd (als wäre ihnen in Nikis unschuldig weißer Gestalt der leibhaftige Teufel erschienen) nach allen Himmelsrichtungen auseinanderstoben. Ihre empörten, endlosen Beschwerden schallten noch lange zum Hügel hinauf, dessen Höhe der Pfad in wenigen, fröhlich entschlossenen Wendungen binnen sechs bis acht Minuten erstieg.

Vom Scheitel überblickt man schon das ganze Dorf, mit seinem Rumpf, der parallel zur Landstraße liegt, und dem dünneren Arm, der sich seitwärts gegen den Fußballplatz am Siedlungsrand streckt; jenseits des Fußballplatzes folgen nur noch einige armselige Zigeunerhütten. Berge umgürten rundherum die schöne, saubere Ortschaft; nach Pomáz hin, dicht hinter den Villen, ragt der steile Oszoly, am anderen Ende stehen die sanfteren Hügel, die den Wanderer von Hand zu Hand bis zum Nagykevély emporreichen. Der Fußsteig folgt in der Höhe den beiden Hauptrichtungen des Dorfes; wo er sich rechtwinklig dem Sportplatz zuwendet, steht ein altes, verwittertes Kruzifix.

Einst pflegten die Ancsas, solange der Ingenieur noch Zeit und Lust zum Spazierengehen hatte, am Sonntag diesen Weg zu wählen. Der Pfad hält sich anfangs eng an den Rand des Abhangs, so daß man in die sonnenbeschienenen Schornsteine des Tals sowie in die Schnäbel der Hühner hineinschaut, die in den kleinen Gemüsegärten herumhacken. Später gewinnt der Spaziergänger mehr Raum nach beiden Seiten: rechts schwellen Weizen- und Gerstenfelder, links dehnt sich ein mit Büschen bewachsenes, unfruchtbares Steinplateau, auf dessen Kamm ein niedriges Akaziengesträuch wuchert. Im Sommer, in den bunten Dämmerstunden, wenn kein Ausflügler mehr vorbeikommt und in die purpurne Stille hinein nur noch ein schläfriger Buchfink schlägt, schließt hier der Mensch mit dem Weltall willig seinen Frieden.

Doch jetzt leuchtete die Sonne mit voller Kraft, selbst die frisch ergrünten Wälder der Bergwände hellten sich von innen auf, als hätte man riesige Scheinwerfer zwischen ihren Stämmen angezündet. Im Dickicht der Bäume öffnete sich hier und dort eine ferne Lichtung, tauchte in die gesunden, prallen Strahlen der Sonne und stellte sich so anmutig und überzeugend zur Schau, daß man schon aus dem Tal die winzigen baumelnden Laternen der Schneeglöckchen und das kometenhaft beschweifte, gelbe Sternlein einer frühen Schlüsselblume im weichen Gras zu erblicken wähnte. Hier unten am Pfad – der Abhang lag nach Norden – zeigten sich noch keine Blumen; aber Niki interessierte sich auch nicht für die Flora. Wie jeder ehrlichen Hündin war ihr der Blumenduft ein Graus. Ihr Leib, ihre Schnauze, ihre Seele wurden vom allgemeinen Frühlingsgeruch der Erde angezogen, von der ganzen machtvollen Ausdünstung der wiedergeborenen Welt, die freilich den der Fäulnis entsteigenden Blumenduft in ähnlicher Weise mit einschloß, wie die sonntägliche Stille über dem Hügel das Glockengeläut einer fernen Kirche einschloß, und auch die Klatschgeschichten der von der Messe heimkehrenden Bäuerinnen, das Juchzen aus den Kneipen, das Sausen des Windes, das Gesumm einer Hummel und das endlose Wehklagen der Enten und Gänse, die die Sünden einer badenden Hündin in ihre Gebete faßten. Etwas naiv, aber mit dem notwendigen Maß an Verallgemeinerung könnte man sagen, daß Niki schlichtweg vom Leben angezogen wurde.

Je weiter man den Pfad verfolgte, um so rastloser und fröhlicher schien der Hund. Ohne auch nur für einen Augenblick stillzustehen, raste er an beiden Seiten des Pfades hin und her und kehrte immer wieder zu Frau Ancsa zurück, um sie gleichsam von jeder Entdeckung zu unterrichten und auch zu überzeugen, daß er die Herrin selbst mitten im höchsten Glück nicht vergaß. Jedem Busch, jedem Gesträuch, jedem Felsbrocken stattete er eigens einen Besuch ab, und wenn er etwas aus seiner Zickzackroute ausgelassen hatte, bog er aus der Ferne noch einmal zurück, um das übergangene Objekt seines andauernden Interesses und Wohlwollens zu versichern. Mitten im Galopp gab der Hund, ganz gegen seine sonstigen Gewohnheiten, unablässig irgendeinen Ton von sich, er kläffte, knurrte, bellte und stritt sich mit dem Wind, der in seine Ohren blies. Als sich der erste Maulwurfshaufen zeigte, mußten Jegyes-Molnár und die Frau stehenbleiben, um auf den Hund zu warten; bald blinkte nur noch dessen wackelnder Schwanz aus dem Gras. Als die Schnauze das Tageslicht wieder erblickte, war sie ein einziges Geschmier und glänzte dennoch vor Glück. Der Hund schüttelte sich nicht einmal, er hatte keine Zeit dazu, schon mußte er weitersausen. Er wandte der Frau bisweilen sein Gesicht zu und kehrte es dann schnell wieder ab, um die Nachrichten einer surrenden Biene nicht zu versäumen. Wenn ihn sein Weg manchmal durch ein junges Weizenfeld führte, aus dessen grünen Wogen nur sein weißer Rücken sporadisch auftauchte, schickte er einen beruhigenden, kurzen Blaff nach hinten und stürzte spätestens nach tausend Schritten zu Frau Ancsas Füßen zurück, um ihr sein zerzaustes Fell und seine aus dem breitgezogenen Maul weit heraushängende sabbernde Zunge zu zeigen. Und wupp war er schon wieder mit den Winden fortgeflogen.

Wir gestehen, daß sich kein System, kein zielstrebiger Plan in Nikis kindischem Schweifen entdecken ließ. Sie suchte keinen Ziesel, sie schreckte keinen Hasen auf, und wir sahen, daß sie selbst die Maulwurfsjagd bald abbrach, nachdem sie einmal den Samtduft des lichtscheuen Wühlers gerochen hatte. Sie besah oder beschnüffelte sich alles, um sich alsbald auf die nächste Erinnerung zu stürzen. Die Hündin schien das Wiedersehen in eine festliche Monsterschau zu verwandeln, zu der sie Frau Ancsa überschwenglich einlud, dankbar, daß ihr die Herrin all dies ermöglicht hatte.

Niki benahm sich wie ein Kind, welches, während es die Welt in markerschütternder Seligkeit für sich entdeckt, alle Minuten mit schrillem Geschrei zur Mutter läuft, um sie hochbeglückt am Rock zu zerren. Flink wechselte die Hündin von Busch zu Busch, von Stein zu Stein, vom Maulwurfshaufen zum Kuhfladen, vom versteckten weißen Gänseblümchen zum bitterriechenden Wegerich; sie nahm eben nur zur Kenntnis, daß sie alle da waren – daß sie gottlob alle noch da waren –, um dann gleich weiterzueilen und die weitere Unterhaltung auf den nächsten Tag zu verschieben. Niki zweifelte keine Sekunde daran, das Spiel anderntags fortsetzen zu dürfen, und auch am übernächsten und am darauffolgenden Tage, kurz, in alle Ewigkeit. Sie lebte in einer Gegenwart, die sich ohne Grenzen aus der Vergangenheit in die Zukunft dehnte. Um den ungeheuren Raum dieses schrankenlosen Augenblicks auszumessen, leistete Niki in zwei Stunden mehr Fußarbeit als in zwei vollen hauptstädtischen Jahren.

Mitten im unausgesetzten Jubelrennen gab es dennoch ein Zagen und Versagen, das freilich nur Frau Ancsas rückwärtsgewandtem Blick auffiel. Es war Mittag, die Sonne schien senkrecht auf den Hügel. Wenn man angespannt horchte, vernahm man von da und dort ein fernes Glockengeläut, als tönte es unter den Flügeln einer dahinsummenden Biene und flöge es mit ihr alsbald aus dem menschlichen Hörbereich. Auf dem Sportplatz, weit unten im Tal, stießen einige Jungen in roten Hemden lautlos einen Ball; unweit davon kläffte ein bunter kleiner Hund im Gras, doch hörte man seine Stimme kaum lauter als den eigenen Atem. In dieser feierlichen Stille, die alles schöne Schweigen der Erde reglos zu spiegeln schien, knackte plötzlich ein Zweig.

Man hätte meinen können, er habe dicht hinter Frau Ancsas Rücken geknackt. Diese drehte unwillkürlich den Kopf um.

Rechter Hand, fünfzig bis sechzig Schritte vom Pfad entfernt, unter einem Busch, dessen Äste unerwartet zu schwanken begannen, saß ein Hase auf dem Hintergeläuf und knabberte mit hochgerecktem Kopf an den sprießenden Blättern. Im starken Licht des Mittags, das die flimmernde Luft durchdrang, erschienen deutlich die etwas hervorquellenden, dümmlichen schwarzen Augen, die kurzsichtig in die Welt schauten, ferner die unaufhörlich bewegten dunklen Nüstern und die seitwärts starrenden Borsten des Schnauzbarts über der dicken, gespaltenen Oberlippe. Der heller gefärbte Bauch wölbte sich ein wenig im Sitzen, offenbar war das Tier trächtig.

Niki hatte den Kopf in derselben Sekunde wie Frau Ancsa umgedreht; sicherlich hatte das Knarren auch die Hündin stutzig gemacht. Obwohl auf ihre Augen, wie wir wissen, kein sicherer Verlaß war, erkannte sie sogleich den Hasen, der im Gegenwind ahnungslos die jungen Blätter des Busches weiterplünderte. Nikis Körper wurde steif, kein Härchen regte sich an ihr. Sie stand wie ein farbiges Standbild ihrer selbst. Dann hob sie eine Vorderpfote und weitete die Nüstern. Im nächsten Augenblick waren Hund und Hase gleichzeitig im Gestrüpp verschwunden, das sich oberhalb des Weges hinzog.

Was Niki passiert war, nannten wir vorhin ein Stocken, ein Zagen; doch füglich setzten wir sogleich das aufrichtigere und krassere Wort Versagen hinzu. Wir möchten den Leser an die erste Hasenjagd erinnern, die am Anfang dieser Lebensbeschreibung geschildert wurde. Zwischen jenem und diesem Abenteuer schien der Unterschied nur in der Quantität zu liegen: damals kehrte der Hund nach einer guten Stunde, diesmal nach kaum einer Viertelstunde zu seinen Begleitern zurück. Natürlich war er ebenso erfolglos und ebenso zerzaust, die Zunge gleich weit herausgestreckt und die Miene vor Scham gleich verblödet. Aber kaum war er wiedergekehrt – wie gesagt nach zehn oder höchstens fünfzehn Minuten –, als er alle viere von sich streckte, sich auf den staubigen Weg warf und tonlos vor sich hinstarrend zu keuchen anfing. Die Flanken arbeiteten wie ein Blasebalg, die Beine zitterten, die Zunge hing in den Staub. Fünf Jahre waren seit der ersten Hetzjagd vergangen, doch Niki schien um fünfzig gealtert.

Vielleicht legte bloß Frau Ancsa die vorzeitige Alterserschlaffung als Niederlage aus; vielleicht begnügte sich der Hund damit, seine Müdigkeit ohne umständliche Überlegungen einfach als Müdigkeit zu empfinden. Wie dem auch sei, er wollte noch lange nicht aufstehen, und als er sich endlich lustlos aufgerafft hatte, schleppte er sich mit schlaff baumelndem Schwanz hinter der Frau her und ließ sich von Zeit zu Zeit wieder zur Erde fallen. Frau Ancsa beobachtete ihn eine Weile; dann drehte sie sich um und schlug den Rückweg zur alten Wohnung ein. Nach einiger Zeit fragte sie Jegyes-Molnár, ob sie in den vergangenen fünf Jahren sehr viel älter geworden sei. Der Mann neigte seinen großen dicken Kopf nach vorn, maß Frau Ancsa, wie man ein Pferd mißt, und zog seine Stirn in Falten.

»Ja«, sagte er in seiner unausstehlich wortkargen Art, die an die offiziellen Redner der Parteibetriebsversammlungen und, weiter zurück in der Reihe, an Demosthenes gemahnte.

Hunde können sich nicht verstellen – sie ähneln darin bekanntlich den Menschen; ihr Schweif, der alle Regungen der Seele sofort andeutet, verrät sie. Lange noch ließ Niki auf dem Rückweg ihren gedrungenen weißen Schwanz zu Boden hängen; erst gegen Ende der Strecke, als die kleine Gesellschaft wieder auf der Anhöhe über dem Dorf stand, drängte sich die Hündin aus der Nachhut in den Vortrupp, vor Frau Ancsas Füße, hob das gefühlvolle Banner ihres Hinterteils allmählich höher und höher und schwenkte es sogar bisweilen.

An der Entenpfütze angelangt, badete sie noch einmal; sie labberte so lange und ausgiebig herum, daß sie den Inhalt des Bächleins vollends unter dem protestierenden Geflügel wegzutrinken schien. Nachher machte sie einen erfrischten, munteren Eindruck; auf dem Rest des Rückwegs jagte sie zwei Katzen und steckte ihre neugierige Frauennase durch drei fremde Gartentüren.

Als es Abend wurde, schien das Gefühl der Niederlage, falls es überhaupt dagewesen, spurlos von Nikis Gemüt gewichen zu sein. Eine windgehetzte, eilige Wolke mag den Himmel für einen Augenblick verdecken, die Sonne gar gänzlich verfinstern; doch wenn sie vorübergeschwommen ist, erglänzt die Welt in altneuer Herrlichkeit.

So fing die Hündin, als ihre Müdigkeit vergangen war, wieder von Kopf bis Fuß zu strahlen an. In der Dämmerung wanderte ein frischer Frühlingsschauer über Csobánka, glättete den Staub und übersäte die Straßen mit fröhlich spiegelnden Tümpeln. Nach dem Regen durchdrang der herbe und volle Erdgeruch so wohltuend die ganze Gegend, daß sich Frau Ancsa kaum zur Heimfahrt entschließen konnte. Die hinter der Gewitterwand ersterbende Sonne übermalte den Himmel mit blutigen Farben und entzündete mit ihren purpurnen Strahlenbündeln, die durch die zerteilten Wolken fielen, milde Abschiedsfeuer überall im Pilisgebirge; sie flammten für einen Augenblick auf und erloschen wieder. Um den Nagykevély war das Firmament rot und zerklüftet, wie das Schlachtfeld von Woronesch.

Niki schlief im Beiwagen des Motorrads sofort ein. Reglos, todmüde und beglückt schlummerte sie in Frau Ancsas Schoß, das eine Ohr unter den Kopf geknittert, das andere kindlich auf dem Knie der Herrin ausgebreitet. Bisweilen schnaufte sie laut im Traum, doch ließ sie sich nicht einmal durch das Gebelfer der Hunde von Budakalász wecken, die dem Vehikel in Koppeln nachsetzten. Am Mari-Jászai-Platz, dem ehemaligen Rudolfsplatz, angelangt, sprang sie flink aus dem Korb, gähnte aus voller Brust und lief schnurstracks zur Haustür hinein.

Frau Ancsa entschloß sich in Csobánka, Niki noch im Laufe des Frühlings decken zu lassen. Wenn man der Hündin schon alles andere entzog, wonach ihre Natur verlangte, durfte man sie des Rechts auf Mutterschaft nicht berauben. Frau Ancsa hoffte, daß die Welpen Niki ihre früh verbrauchte Jugend wiedergeben würden.

Dazu kam es jedoch nicht mehr, da die Hündin bald nach dem Ausflug nach Csobánka erkrankte. Eines Abends brach sie auf dem Kai mitten im Steineschleudern das Spiel ab, als würde es sie plötzlich langweilen. Auf halbem Wege zum Kieselstein bremste sie, stand still, schaute eine Zeitlang unentschlossen vor sich hin, kehrte dann um und schlich mit hängendem Schwanz zu Frau Ancsa. Als Frau und Hündin nach einigen Minuten am Kiesel vorbeigingen, suchte zwar Niki nach ihm, umschnupperte ihn und nahm ihn sogar zwischen die Zähne – aber sie ließ ihn gleich wieder aus dem Mund fallen, als schmeckte der Stein nicht, und trottete zur Herrin zurück. An jenem Abend aß Niki nichts und versteckte sich, sobald die Lichter angingen, hinter dem Papierkorb, im dunkelsten Winkel der Wohnstube.

Frau Ancsa hob das Tier auf den Schoß und untersuchte seine Pfoten und Zehen, ob sie sich nicht an einer Glasscherbe geschnitten hatten. Die Frau wußte, daß ihr Hund ein wahres Wehleidstier, ein Heulmichel und Rührmichnichtan war, daß er sich beim leisesten Schmerz tödlich beleidigt fühlte und daß man folglich seine Beschwerden nicht ernstzunehmen brauchte. Sie erinnerte sich noch, mit welcher Inbrunst er sich nach dem Wespenstich seinem Unglück hingegeben hatte: er war betrübt und entrüstet, als hätte das Insekt nach seinem Leben getrachtet. Mit bitterem Gejammer hatte er sich damals in die Ecke unter einen Stuhl geschleppt; dann, als wäre selbst diese Einsamkeit nicht vollständig genug, um mit einem Wespenstich fertigzuwerden, verkroch er sich unter dem Bett und hüllte seine Pein in Totenstille. Erst nach mehreren Stunden ließ er sich hervorlocken, und selbst dann erschien er so gekränkt, als wollte er das ganze Weltall für die erlittene Unbill verantwortlich machen. Er legte sich auf den Rücken, streckte den schadhaften Fuß zimperlich der Herrin entgegen und schloß dabei die Augen mit der Miene einer alten Jungfer, deren Wohltaten mit Schurkenstreichen vergolten worden waren; offensichtlich hatte er ein für allemal auf das schöne Erdenleben verzichtet, der Welt Lebewohl gesagt.

Aber diesmal fand sich keine äußere Verletzung an seinem Körper. Auch am anderen Morgen hielt die Mattigkeit an; der Hund ließ alle Speisen stehen. Frau Ancsa sah, daß er sich häufig die Nase leckte, anscheinend hatte er sich erkältet. Er hustete ab und zu, mit jenem leisen, gedämpften, resignierten Husten, mit dem bescheidene Leute ihre Leiden verbergen und zugleich zur Schau stellen; nach jedem Anfall glotzte er mit hängenden Ohren verblüfft vor sich hin, als könnte er nicht begreifen, was mit ihm vorging. Zuweilen nieste er auch, was Frau Ancsa besonders peinlich berührte, da es genau wie das Niesen eines Menschen oder besser gesagt eines stark erkälteten Kindes klang. Sie brach ein Aspirin entzwei, zog die Kiefer des Hundes auseinander und schob einen Brocken in seinen Rachen. Der Hund flüchtete sich beleidigt unter das Bett. Aber am dritten Tag war sein Husten, dank zwei weiteren Tabletten, ganz verschwunden, und auch die Nase wurde wieder trocken.

Ein krankes Tier erregt oft mehr Mitleid als ein kranker Mensch; denn es bittet nicht um Hilfe und möchte auch keine annehmen. Um zu genesen, zieht es sich statt ins Spital in sich selbst zurück. Frau Ancsa begriff aus Nikis Schweigen, daß es sich diesmal um mehr als einen Wespenstich handelte. Der Hund muckste sich tagelang nicht; einmal klopfte sogar Frau Patyi an, um zu fragen, ob er fortgelaufen oder weggegeben worden sei. Still lag er auf seinem Kissen und achtete nicht einmal auf die nachmittägliche Heimkehr des Untermieters; er hob höchstens den Kopf, wenn die bekannten Schritte ertönten, warf einen schweren Blick auf die Verbindungstür und fiel dann kraftlos auf sein Lager zurück. Am Morgen und am Mittag, wenn Frau Ancsa ihn zum Spaziergang aufforderte, mußte der Ruf öfter wiederholt werden, bevor Niki sich träg und stumm erhob und, am ganzen Leibe zitternd, tonlos auf die Tür zusteuerte.

Wir dürfen nicht verschweigen, daß angesichts einer so grenzenlosen Zimperlichkeit die Frau sich heftig über das Tier ärgerte, vor allem, wenn sie sich überlegte, daß heutzutage auch Menschen manche Unannehmlichkeit verkraften mußten, ohne ihren Kummer in derart spektakuläre Äußerlichkeiten zu kleiden. Niki konnte so laut schweigen, daß die ganze Wohnung von ihrer Stummheit widerhallte. Sie kauerte sich so klein zusammen, daß sie die Stube bis in den letzten Winkel ausfüllte. Mit ihrer Reglosigkeit gemahnte sie ständig an ihre Qualen; es war unmöglich, sie in der aufreibenden Stille des Zimmers zu vergessen. In diesen Tagen regnete es unaufhörlich. Die niedrig dahinschwimmenden Wolken verdeckten die Budaer Hügel, manchmal verhängte der Nebel selbst die Margaretenbrücke, und der wattige Dunst ließ keinen Straßenlärm durch die geschlossenen Fenster dringen. Frau Ancsa kam es oft vor, als ränge sie in einem Krankenzimmer oder einer Gefängniszelle nach der knapp gewordenen Luft.

Wenn sie den Hund zu sich rief, antwortete dieser von seinem Kissen nur mit den Augen; auch die Wiederholung des Rufes erwiderte er höchstens mit einer schwachen Regung des Schwanzes. Um nichts in der Welt wäre er aufgestanden; nur seinen lastenden, starren Blick verankerte er im Gesicht der Herrin – jenen ungeschminkten, tierischen Blick des Leidens, in dem keine Frage liegt, kein Vorwurf und kein Aufbegehren. Und wenn er selbst auf die Tröstungen, auf die Liebkosungen nur reagierte, indem er den Kopf von der knienden Frau abwandte (auch sein Herz hatte sich offenbar von ihr und ihrer Welt abgewandt), dann loderte in Frau Ancsa plötzlich eine so unmäßige Wut auf, daß sie sich am liebsten umgebracht hätte. Unfähig zur nüchternen Überlegung, war sie nahe daran, sich mit dem Hund in den Armen aus dem Fenster zu stürzen oder in die Donau zu werfen. Einmal, zum erstenmal in ihrem Leben, verprügelte sie das Tier; als es danach ohne einen Laut bäuchlings zu seinem Lager kroch und den Kopf unter dem Kissen vergrub, wurde die Frau von einer solchen Verzweiflung überfallen, daß sie fortrannte und erst spätabends wieder heimkam.

Wie gesagt, war Niki zwar nach kaum achtundvierzig Stunden von der Erkältung genesen, aber das Unwohlsein dauerte offensichtlich an. Da dessen Grund sich überhaupt nicht feststellen ließ, brach Frau Ancsa eines Tages auf, um den Hund in die Tierärztliche Hochschule zu bringen. Sie machten sich zu Fuß auf den Weg, doch ermüdete der Hund so schnell, daß sie bald in die Straßenbahn steigen mußten – zum Glück hatte die Herrin den vorgeschriebenen Maulkorb bei sich. Als nun die beiden in der Stephanstraße, der späteren Eugen-Landler-Straße, vor dem Eingang der Hochschule anlangten, wurde der Hund auf einmal störrisch, stemmte die Beine gegen das Pflaster und verharrte auf der Stelle. Nach vielen Bitten und Beschwörungen setzte er sich wieder in Bewegung; aber kaum war man zehn oder zwanzig Schritte im Hochschulgarten weitergegangen, als er von neuem stockte und die Leine mit gesträubtem Fell zurückriß. Frau Ancsa zog an der Leine und machte einen Schritt vorwärts. Doch der Hund hielt mit ungewohnter Sturheit an seinem Entschluß fest; er drehte sich jäh um und zerrte die Frau aus voller Kraft in die entgegengesetzte Richtung. Das Leder spannte um seinen dürren Hals und drückte die Gurgel zu; das Tier röchelte laut, und unter seinen immer wieder ausrutschenden Beinen, die vor Anstrengung zitterten, schossen Staub und Steine nach hinten.

Da Frau Ancsa befürchtete, daß ihr Hund sich erdrosseln könnte, folgte sie ihm zum Tor. Es war nicht leicht, den panischen Schreck zu verstehen, der sich ohne ersichtlichen Grund des ganzen Tierleibes bemächtigt hatte. Jedes Härchen schien gesondert zu erstarren, das Weiße der Augen rötete sich und verdeckte fast die verengten Pupillen, die Luft drang pfeifend aus der Lunge. Wenn der Hund den Kopf umwandte und die Hochschule wieder erblickte, lief ein wellenartiges Zucken durch seinen ganzen Körper, welches das Hinterteil, den Rücken und den Kopf nacheinander emporwarf. Aus all seinen Fibern sprach ein solches Entsetzen, als hätte er hinter einem der Hochschulfenster ein übernatürliches Wesen gewittert.

Auf der Straße kauerte sich Frau Ancsa vor den Hund hin, legte die Hand auf dessen wild pochendes Herz und streichelte ihm den Kopf. Er beruhigte sich langsam, sie konnte ihn auf die Arme nehmen. Doch als sie mit ihm wieder durch das Tor trat und auf die Gruppe von Backsteinbauten zuging, stieß sich der Hund, wie von einem Krampf hochgerissen, aus ihren Armen und warf sich seitwärts auf den Boden. Vermutlich fiel er unglücklich und schlug sich an; er blieb einige Sekunden auf dem Pflaster liegen und wimmerte leise.

Es begab sich gerade zu der Zeit, da Niki auf dem Boden lag, daß eine Frau in Trauerkleidung durch das Tor schritt, einen großen Käfig in der Hand, der mit einem dunkelblauen Leinentuch zugedeckt war. Das nun erfolgte kurze Zwischenspiel, das der Zufall hier in diese Geschichte einfügte, bewog Frau Ancsa, der erbitterten Weigerung ihres Hundes nachzugeben und auf die ärztliche Untersuchung zu verzichten. Wie Frauen im allgemeinen, vertraute sie den Instinkten mehr als die Männer, und, setzen wir hinzu, sie stand um einen winzigen Frauenschritt auch jener schwanken Vorstellungsart näher, die sich vom Aberglauben nährt und in manchem unschuldigen Zufallsfünklein ein bedeutungsschweres Lichtsignal des Schicksals zu sehen meint. Kurz und gut, sie entschloß sich nachzugeben und machte sich einige Minuten später, selber aufgewühlt und erschüttert, mit Niki auf den Heimweg.

Die Frau in der Trauerkleidung, die den Käfig schleppte, blieb vor dem ausgestreckten, winselnden Hund kurz stehen und warf ihm einen mitleidigen Blick zu. In diesem Augenblick rutschte der dunkelblaue Leinenbezug des Käfigs zur Seite – die Frau hatte gerade die Hand gewechselt – und gab den Blick auf das dünne, vergoldete Gitterwerk frei. Drinnen schaukelte sich ein großer, bunter Papagei auf einem Holzstab, der von der Decke hing und in den der Vogel schon einige schmale Kerben gehackt hatte. Der Boden des Käfigs war mit gelbem, feinkörnigem Sand bestreut, der sich vermutlich vom Schütteln unterwegs an den Rändern angehäuft hatte und die metallisch blinkende Mitte kahl ließ. Ein süßlicher, abgestandener Vogelgeruch strömte durch das Gitter unter die widerstrebende Nase der Frau Ancsa.

Der Vogel schaute sich im plötzlich einfallenden Licht blinzelnd um. Aber kaum hatte er die weiße Hündin, die sich unter dem Käfig mühsam erhob, in Augenschein genommen, als er völlig unerwartet einen Wutanfall bekam. Mit einem Satz sprang er von der Schaukel ans Gitter, klammerte sich unten mit den Krallen, oben mit dem riesigen krummen Schnabel an den Metallstäben fest und spreizte in der ganzen Breite seine mächtigen, im Sonnenlicht hell erglänzenden Flügel aus, die von einem Ende des geräumigen Käfigs bis zum anderen reichten. Es war ein Rätsel, womit das stumm dastehende kleine Tier den Papagei so gänzlich aus der Fassung gebracht hatte, aber man sah, daß dieser vor Zorn fast den Verstand verlor. Er kreischte gleich einem besessenen alten Weib; er wies mit der mächtigen Hakennase wie mit einem gekrümmten Zeigefinger drohend auf Niki und schmetterte die strahlenden Flügel mit solcher Kraft gegen das Gitter, daß die herausgerissenen roten, blauen und grünen Federn nach allen Seiten aus dem Käfig stoben und glitzernd durch die Luft flatterten.

Woher dieser Haß, fragte sich Frau Ancsa später, als sie mit der Hündin, selber erzitternd, durch das Tor geflohen war. Der ganze Auftritt dauerte kaum eine Minute, aber in seiner Dichte war er so grauenerregend, daß es die Frau eiskalt überlief, so oft sie später an ihn zurückdachte. Der Papagei hämmerte mit seinem Riesenschnabel in wilder, ekstatischer Wut an den klirrenden Stäben, so daß man befürchten mußte, sie würden entzweibrechen; gleichzeitig kreischte er unter irrem Flügelschlagen mit einer so ekelhaft menschenähnlichen Stimme, als würde sich in seinem faustgroßen, gefiederten Körper die ganze mörderische Bosheit jener Jahre zu Wort melden. Im buntscheckigen Clownskleid, mit den kleinen, arglistig brennenden Augen und der Hakennase erschien der Papagei wie eine Jahrmarktsallegorie des Todes, die geradenwegs von einer mittelalterlichen Bühne in den Garten der Tierärztlichen Hochschule geflogen war. Erst nachher, auf der Straße, verstand Frau Ancsa die gellenden Silben, die der uralte Vogel in Nikis Schnauze spie, indessen er mit dem Schnabel immer wieder auf die bebende Hündin wies. »Der Süße ist tot ..., der Süße ist tot, tot, tot!« kreischte er und hörte mit seinem höhnischen Geschrei nicht einmal auf, als seine trauernde Besitzerin schon auf den Eingang des Ambulanzgebäudes zulief, den baumelnden Käfig in der einen Hand, den dunkelblauen Leinenbezug in der andern. Vogel und Hund waren nun mindestens durch fünfzig Schritte getrennt, aber jener krallte sich an das Gitter und ließ die Ancsas nicht aus den Augen. Sein Gekrächz wurde erst von der zugeknallten Türe des Ambulanzbaus abgeschnitten, mitten im schrillen Wahlspruch des Vergehens.

Niki erholte sich schwer, wenn überhaupt von den Aufregungen dieses Ganges. Mangels einer Diagnose blieb die Frau auch weiterhin unwissend über Art und Namen der Erkrankung; aber wir glauben, daß ihr auch die Tierärztliche Hochschule mit keiner genaueren Auskunft hätte dienen können. Die Wissenschaft versteht vorerst nicht allzuviel vom menschlichen, noch weniger vom tierischen Körper. Geschweige denn von der Seele! Und gar nicht zu sprechen von den Verbindungspfaden zwischen Körper und Seele, die heute noch ebenso unerforscht sind wie manches Dickicht des brasilianischen Urwalds. Frau Ancsa war zum Beispiel überzeugt, daß der Körper ihres Hundes jeden Tag aufs neue von dessen Seele angesteckt wurde. Wenn man den ständig abnehmenden Tierleib betrachtete, die glanzlosen, abgewetzten Haare, die beim Streicheln büschelweise in der Hand blieben, die hervorstehenden Schulterblätter und die leblosen Augen, dann war man allerdings versucht, den Quell des Übels in Bandwürmern, in der Staupe, in Herzfehlern und so weiter zu vermuten;

aber Frau Ancsa verstand Nikis Leiden besser – sie glaubte fest, daß sie es besser verstand. Der Hund vermißte die Freiheit, meinte sie. Die Freiheit, zu der es auch gehörte, das Leben mit dem selbstgewählten Gebieter, dem Ingenieur zu verbringen. Dem Hund fehlte sein Herr. Frau Ancsa schwelgte keineswegs in Rührseligkeiten, sie überschätzte nicht dieses eine Moment der Freiheit, obwohl dessen Fehlen zweifellos viel zum körperlichen Verfall des Tieres beigetragen hatte; aber sie war mit dem ganzen Ernst ihrer Seele überzeugt, daß man die Erreger von Nikis Krankheit nicht in den Blutgefäßen, Knochen, Sehnen und Muskeln suchen durfte.

In dieser Meinung wurde die Frau von dem Umstand bestärkt, daß sich das Befinden ihres Hundes gerade seit dem ländlichen Ausflug unaufhaltsam verschlechtert hatte; die auferstandenen Erinnerungen seines einstigen Glücks beschleunigten den Prozeß der Selbstvergiftung. Das Tier wollte gewiß nicht so weiterleben, wie es lebte. Man kann also auch anders, flüsterte es sich vermutlich zu und dachte dabei an die sonnigen Abhänge von Csobánka oder an die Entenpfütze, während der mit Hut und Stock ausgestattete Schatten des hinter ihm spazierenden Ingenieurs unklar durch sein Gedächtnis glitt; habe ich denn früher anders gelebt? Nun, wenn es nicht anders geht, dann wollen wir aufhören! Nach Frau Ancsas Meinung war der Hund an diesen Dingen erkrankt, und es schien ganz sinnlos, den Untergang seiner Seele an einem rektal eingeführten Fieberthermometer ablesen zu wollen.

Untermieter Andreas Patyi, der vermutlich von seiner Gattin etwas über die Vorgänge im Nachbarzimmer erfahren hatte, klopfte eines Tages an und fragte die Frau, ob er einen Freund, der zufällig Tierarzt von Beruf sei und ihn zufällig gerade an diesem Abend besucht habe, herüberbringen dürfe. Es koste kein Geld, wiederholte er eifrig, mit verdächtiger Entschlossenheit. Frau Ancsa solle sich deswegen keine Sorgen machen. Das bebrillte Gesicht des kleinen Mechanikers nahm einen so harten, sachlichen Ausdruck an, daß ihm ein Blinder die Rührung ansah. Er war lange nicht mehr der Frau begegnet, hatte auch lange nicht deren Zimmer betreten, und jetzt vermochte er seinen Schreck darüber, was er an jener und in diesem wahrnahm, nur mit der größten Mühe zu verbergen. Frau Ancsa schien um zehn Jahre gealtert, und ihr Zimmer, das früher so sauber und geradlinig wie ein Schachbrett gewesen war, spiegelte nun, staubig, verschmutzt, in allen Teilen durcheinandergeraten, die vollständige innere Erschlaffung der Bewohnerin wider, die letzte Zuchtlosigkeit einer erschöpften Seele. Nichts bewies deutlicher, wie sehr Frau Ancsas Kräfte am Verebben waren, als daß sie die Hilfe ohne Widerspruch stumm annahm.

Der Tierarzt, ein gut gewachsener junger Mann, stotterte stark. Sein knallreicher Kampf mit den Konsonanten lockerte wohltuend die Todesstimmung auf, die in jedem Krankenzimmer umherschleicht. Er strahlte vor Wohlwollen gegenüber Menschen, Tieren und Möbeln, ja gegenüber dem ganzen Weltall, wie er da mit einer Blume im Knopfloch lachend das Zimmer betrat, seine ärztliche Instrumententasche gleich auf den Boden stellte und sich ohne viel Umstände in jenen tabakbraunen Ripssessel setzte, der in den letzten Jahren – seitdem der Ingenieur fort war – Niki als Tageslager gedient hatte. Niki selbst blieb unsichtbar, sie hatte sich unter einem Schrank versteckt.

Sie kam auch nicht mehr zum Vorschein. Sie schien nun, während der letzten Stunden ihres Lebens, die Erfahrungen mit der Menschheit satt zu haben und sich nach keinen neuen Bekanntschaften mehr zu sehnen. Hartnäckig verschloß sie sich jedem Zuspruch und verharrte in ihrem Schlupfwinkel. Der Tierarzt legte sich in seiner ganzen Länge bäuchlings auf den Boden und fuchtelte mit den Armen eifrig und pflichtbewußt unter dem Schrank herum, aber er konnte die Hündin, die sich an die Wand preßte, nicht erreichen. Als er nach einem Stock, Regenschirm oder Besen verlangte, um Niki mit dessen Hilfe hervorzuangeln, schüttelte Frau Ancsa wortlos den Kopf und bat dann den jungen Mann mit erstickter Stimme, die Jagd abzubrechen.

Patyi, der Untermieter, war damit einverstanden und begleitete den Tierarzt aus dem Zimmer, nicht ohne eine lange Debrecziner Wurst heimlich auf dem Nachttisch zu hinterlassen.

Für Frau Ancsa folgte eine schlimme Nacht. Sie rief den Hund umsonst, er rührte sich nicht. Anfangs hörte man noch bisweilen vom Schrank her eine schwache Bewegung, aber als die Frau mit den Beschwörungen fortfuhr und einmal, da ihre Kräfte schwanden, krampfhaft zu schluchzen begann, verstummte das Tier endgültig. Sie leuchtete nach einer Weile mit ihrem Nachttischlämpchen unter den Schrank: der Hund lag ausgestreckt, reglos auf dem Boden, hielt die Augen geschlossen und rührte sich nicht einmal, als das Licht auf ihn fiel.

Gegen Mitternacht legte sich Frau Ancsa ins Bett. Aber sie knipste ihre Lampe vergeblich aus. Der Schlaf kam nicht. Wir wissen, daß die nächtliche Finsternis und Einsamkeit roh an den gespannten Nerven reißen, der Stille fremdartige Töne entlocken, aus dem Nichts unheilvolle Fratzen kneten kann. Die Frau konnte sich nicht von der Zwangsvorstellung befreien, daß ihr Hund unter dem Schrank verendete oder vielleicht schon verendet war. Sie sagte sich zur Beruhigung, daß Niki am Nachmittag etwas Milch getrunken hatte und im Laufe des Tages nicht lustloser oder erschöpfter erschienen war als an irgendeinem anderen Tag der Woche – aber was bewies das? Sie wußte, sie hatte davon gehört, daß Tiere sich in ihrer Todesstunde schamvoll verbergen, und wo sonst hätte sich Niki in diesem Zimmer verkriechen können als unter dem Schrank? Frau Ancsa erhob sich, kniete sich vor den Schrank und horchte: sie hörte den Hund nicht atmen. Sie sprach zu ihm, aber es kam keine Antwort.

Sie legte sich nicht wieder hin, sie hätte sowieso nicht schlafen können. Auch hielt sie für unangebracht, im Bett zu ruhen, während ihr Hund auf dem kahlen Boden, im staubigen, spinnwebigen Dunkel seinen Todeskampf focht. Hätte das Tier doch wenigstens im Freien dieses äußerste Geschäft seines Daseins verrichten dürfen, auf der weichen, bröckligen Erde, um sich mit einer letzten Bewegung in das gemeinsame Grab alles Lebendigen einzuscharren! Frau Ancsa sah die Frage von Leben und Tod sehr nüchtern an – vor allem in dieser Zeit, in der sie selber nicht am Leben hing –, aber ihre Gefühle waren niemals abgestumpft: sie wußte, was unwürdig leben und sterben hieß. Ihre Verzweiflung entsprang schon seit Jahren daraus, daß sie ihren Frauenberuf nicht ausfüllen konnte, daß sie weder dort noch hier zu helfen vermochte.

Sie saß bis zum frühen Morgen im braunen Ripssessel am Fenster, durch das der Glanz der starken Laternen in silbriger Streuung vom Mari-Jászai-Platz einfiel. Gegen Tagesanbruch schlief sie sitzend ein, vielleicht in der Hoffnung, daß das Tier, wenn es die gleichmäßigen Atemzüge ihres Schlummers hörte, sich doch noch ans Licht wagen würde. Sie wurde von lauten Worten und Schritten im Korridor geweckt; dann stieß jemand die Zimmertüre ohne anzuklopfen auf. Ihr Mann trat ein, mit einem kleinen gelben Blumenstrauß in der Hand.

Jetzt stehen die beiden schweigend vor dem Schrank. Der Ingenieur, der in den letzten fünf Jahren so manches erlebt und alle Erniedrigung des Körpers und der Seele mit beispielloser Ruhe ertragen hat, scheint in der Aufregung der Heimkehr seine Selbstbeherrschung verloren zu haben; auf die Nachricht, daß die Hündin gestorben ist, bricht er in Tränen aus. Man weiß nun mit Sicherheit, daß Niki tot unter dem Schrank liegt; vernähme sie noch die Stimme ihres Herrn, so würde sie sich mit ihrer letzten Kraft zu ihm herausschleppen. Die Schulter an den Schrank gelehnt, wischt Ancsa sich die Tränen ab; er schaut in die Ecke, zum verlassenen Lager der Hündin hin, auf dem ein vertrocknetes Stück Brot liegt. Frau Ancsa aber umarmt ihn immer wieder; sie denkt jetzt nur daran, daß ihr Mann wieder da ist. Sie fragt ihn zum hundertsten Male, wie er freigelassen worden sei, wann man ihm die Entlassung mitgeteilt habe, ob er gesund sei, ob er nichts essen, sich nicht hinlegen, nicht schlafen wolle. Der Ingenieur drückt ihr wortlos die Hände.

»Und hast du schließlich erfahren, warum man dich eingesperrt hat?«

»Nein«, sagt der Ingenieur.

»Und warum man dich freigelassen hat?«

»Nein«, sagt der Ingenieur. »Man hat es mir nicht gesagt.«

Die Frau steht noch mit dem Rücken zum Schrank. Aber sie weiß, daß ihr die schwere Aufgabe bevorsteht, Niki zu begraben. Als einziges Andenken dieses kurzen Lebens wird sie, da es keine Aufnahme von Niki gibt, einen Kiesel aufbewahren, den sie dieser Tage unter dem Teppich fand.

Niki. Nachwort von Ivan Nagel, 2001

Tibor Déry schrieb 1955 den Kurzroman *Niki*, 1956 die Erzählung *Liebe*. Beide handeln von einem Mann, den das Regime in Budapest ohne Prozeß und Urteil ins Gefängnis wirft. Nach drei Jahren wird der eine, nach sieben Jahren der andere entlassen: ebenso willkürlich und grundlos, wie man sie eingesperrt hat.

1956 war das Jahr des Aufstands in Ungarn. Nach dessen Niederschlagung wurde das, was Déry beschrieben hatte, ihm selbst angetan. Er wurde am 21. April 1957 »unter schwerem Verdacht staatsfeindlicher Vergehen« verhaftet. Am 13. November verurteilte ein »Volksgericht« den Dreiundsechzigjährigen zu neun Jahren Gefängnis. In der Urteilsbegründung hieß es, Déry hätte eine verschwörerische Organisation angeführt; in Budapest witzelte man, damit könne nur das ungarische Volk gemeint sein. Der Schriftsteller wurde Leitfigur der Nation.

Schon in der kurzen Revolution von 1919 hatte sich Déry der Kommunistischen Partei angeschlossen – und floh dann vor dem weißen Terror, wie viele Künstler und Intellektuelle (wie der Philosoph Georg Lukács, wie der Dichter und Filmkritiker Béla Bálazs, wie der Maler und Dichter Lajos Kassák, wie der Soziologe Karl Mannheim) nach Österreich und Deutschland.

Der junge Déry war nicht aus pubertärer Aufsässigkeit, doch auch nicht aus philosophischer Überlegung zum Kommunisten geworden. Er wurde es aus Scham ob der Privilegien seiner großbürgerlichen Herkunft – und aus Empörung über die Roheit, mit der die Oberschichten Ungarns, die adlige wie die industrielle, ihre Herrschaft behaupteten.

Mit wechselndem Wohnsitz in Wien, Berlin, Ascona und immer wieder Budapest, konnte er im autoritären Ungarn der Vorkriegsjahre nur gefährdet leben und wenig (zum Teil unter Pseudonym) veröffentlichen.

Erst 1947 konnte sein großer Roman *Der unvollendete Satz*, in den Jahren 1934 bis 1938 geschrieben, endlich erscheinen. In der kurzlebigen Demokratie Nachriegs-Ungarns, voll neuer Hoffnung und Besinnung, war das nicht nur ein literarisches Ereignis. Ich erinnere mich an die Erregung, mit der ich mich, sechszehnjährig, in dieses Buch stürzte, als sei es das Leben selbst. Es schien mir, als würde ich das Land, in dem ich aufwuchs, erst aus ihm kennenlernen. Dérys Darstellung der Gesellschaft war (wie seine Politik) durchdrungen von Mitgefühl für die Wehrlosen, Ausgelieferten. In seinen schönsten Erzählungen zwischen dem Kriegsende 1944 und dem Aufstand 1956 erscheint die gequälte Kreatur in der Figur des Kindes, des Tieres. *Niki* gehört in diesen Themenkreis. Doch das Leid, das der Kreatur angetan wird, kam nun nicht mehr von der Brutalität einer noch feudalen, schon kapitalistischen Klassengesellschaft – es kam von dem Regime, das sie zu überwinden versprach.

Déry selbst versprach sich jahrzehntelang diese Überwindung. Das half ihm, die politischen und rassischen Verfolgungen der Kriegszeit durchzustehen. Nun erlebte er die Pervertierung seiner Erwartungen. Wie ihm die Budapester Schauprozesse ab 1948 die ersten Zweifel eingaben, wie die Welt um ihn aus dem Zeichen der Hoffnung immer schneller und rettungsloser ins Zeichen der Angst hinüberglitt – davon handelt die Erzählung *Niki*, deren Menschen-Handlung vom Frühjahr 1948 bis zum Frühjahr 1951 reicht. Statt der ersehnten Befreiung und Reform etablierte sich stalinistischer Terror, täglich perfektioniert von dessen Statthalter Rákosi, dem Chef von Regierung und Partei. Dérys Ansehen, die Wirkung seiner Integrität, wuchs in diesen Jahren: erst recht, als 1952 seinem neuen Roman *Die Antwort* bürgerlicher Moralismus – also Mitgefühl, Wahrheitsliebe, Anstand – vorgeworfen wurde.

Er verteidigte die Freiheit der Schriftsteller gegen die Partei. Er weigerte sich, seinen Roman liniengehorsam umzuschreiben; und er veröffentlichte 1955/1956, wie gesagt, *Niki* und *Liebe* – Proteste in Erzählform gegen die Herrschaft von Verdächtigung und Rechtlosigkeit. Manchmal schien es in den Jahren nach Stalins Tod möglich, die amtlich-aggressive (Kultur-)Politik offen und umunwunden anzufechten. Mit der größten Wirkung tat Déry dies im Sommer 1956, in einer von Tausenden besuchten Debatte des literarisch-studentischen Petöfi-Kreises.

Diese Debatte wurde das Vorspiel der Revolution. Während des Aufstands versuchte Déry dann alles ihm Mögliche, um Gegenterror zu verhindern; er nutzte seine beispiellose öffentliche Autorität und plädierte für Mäßigung und Humanität, so in einer Rede im Moment des vermeintlichen Siegs des Aufstands, vor der zweiten sowjetischen Intervention:

»Ich bin alt, über 62 Jahre, ich habe an zwei gescheiterten Revolutionen teilgenommen. 1945 hoffte ich, daß nun Arbeiter und Bauern, alle, die man aus der Nation ausgeschlossen hatte, eine neue gemeinsame Heimat finden könnten. Aber in zehn Jahren hat man uns das Land unter den Sohlen weggestohlen. Statt am Sozialismus zu bauen, schloß man uns zwischen Gefängnismauern aus Blut und Lügen ein … Uns ungarischen Schriftstellern steht nur eine Entschuldigung zu: Wir fingen den offenen Kampf gegen die Tyrannei zwar zu spät, aber doch als die ersten an … Es hat die Stunde der Gerechtigkeit, nicht der Rache geschlagen. Quält die Verirrten nicht; vergeßt nicht, daß sich Hunderttausende geirrt haben, da sie irregeführt wurden.«

Wenige Monate später wurde Tibor Déry verhaftet, unter Anklage gestellt, verurteilt – unter Mitwirkung von Geheimpolizisten, Staatsanwälten, Politikern, von denen manchen sein Appell gegen Gewalt und Vergeltung das Leben gerettet hatte.

Es soll hier keine Biographie Dérys und keine Werkanalyse versucht werden. Ich will eher die Situation begreiflich machen, in der die Übersetzung von *Niki*, die dem deutschen Leser nun wieder vorliegt, Ende 1957 bis Anfang 1958 entstand. Wenige im westlichen Europa kannten Dérys Werk, von dem einiges (zum Teil gekürzt, auf die geltende »realistische« Form gebracht) in der DDR erschienen war. Doch die moralische und politische Autorität des Verhafteten, Exkommunizierten hatte sich zu jedem, der das Schicksal Ungarns nicht ignorieren wollte, herumgesprochen. Man wußte: Verhaftung und Kerker bedeuteten nach der Niederlage der Revolte schiere Lebensgefahr. Sogar die Schauprozesse wurden ja monatelang wieder abgelöst (wie in den schlimmsten Kriegsjahren des Stalin-Terrors) vom Verschwinden der Verdächtigen ohne Anklage und Urteil. So wurde Ungarns Ministerpräsident mit dem Großteil seines Kabinetts erst in einen Hinterhalt gelockt, dann im rumänischen Ausland gehenkt.

In Frankreich formierte sich sehr schnell ein Komitee zum Protest gegen Dérys Verhaftung. Die ungarische Katastrophe hatte dort vielen links engagierten Intellektuellen, auch Sympathisanten des Kommunismus (darunter Sartre) erst die Augen geöffnet. In der deutschen Bundesrepublik war das Echo braver, zögerlicher. Vielen, die sich auf die offziöse Empörung der großen Tageszeitungen oder auf die Propaganda von Radio Free Europe verließen, behagte es nicht zuzugeben, daß die Revolte entscheidend von Reformkommunisten, von enttäuschten Sozialisten – wie eben Déry – ausgelöst und getragen worden war. Ich erinnere mich an die Ohnmacht und Wut, mit der ich mich ans Aufklären machte: vier Artikel, die ich in großer Eile schrieb, druckten von Juni bis November 1957 der *Tages-Anzeiger* in Zürich, *Die Gegenwart* und die *Frankfurter Allgemeine* in Frankfurt und *Der Monat* in Berlin.

Meine Studentenbude wurde dadurch noch kein Schriftsteller-Atelier – eher eine fiebrig betriebene Handwerker-Werkstatt. Deren Hauptprodukt sollte die deutsche Fassung von *Niki* sein. Daß in sie bei meinem oft noch mangelhaften Deutsch dennoch einiges an Übersetzungskunst einging, war nicht mein Verdienst. Dem unvergessenen Lektor von S. Fischer (später Verlagsleiter des Insel-, dann Cheflektor des Hanser-Verlags): Fritz Arnold sei hier Dank gesagt. Die Leichtigkeit des ironischen Duktus entstammte der mühsamen gemeinsamen Arbeit zwischen einem, der zwar Ungarisch, aber noch nicht richtig Deutsch, und einem, der zwar wunderbar Deutsch, aber nicht Ungarisch konnte. Angetrieben wurden wir von einem ungewöhnlichen Risiko: es ging nicht allein um das Buch, sondern möglicherweise um das Leben seines Verfassers.

Tibor Déry erhielt in seinem Gefängnis bald einige Erleichterungen, was Ernährung und Besuch betraf. Es war unmöglich geworden, ihn verschwinden zu lassen. Nach drei Jahren wurde er (wie János Ancsa in der Erzählung) entlassen. In dieser Zeit war Niki gestorben: der Mischling von einem Drahthaar- und einem Glatthaar-Foxterrier, den Déry liebte und der zum Vorbild seiner Titelheldin geworden war.

Satz Werner Schwartz in der FotosatzWerkstatt Tempelhofer Ufer 21 GmbH in Berlin [Kreuzberg] · *Druck* druckhaus köthen GmbH in Köthen [Sachsen-Anhalt] · © 2001 by Das Arsenal. Verlag für Kultur und Politik GmbH in Berlin [Charlottenburg]

Drei ungarische Autoren im Verlag Das Arsenal.

In gleicher Ausstattung sind erschienen:

Tibor Déry *Fröhliches Begräbnis.* Fünf Erzählungen. Übersetzt von
Hans Skirecki. Herausgegeben und mit einem Nachwort von Ferenc Botka.
188 Seiten. ISBN 3 921810 71 X
Diese seit Jahren erste deutsche Ausgabe von Dérys kleiner Prosa schlägt
einen Bogen über vierzig Jahre: vom hintergründigen Porträt eines »feinen
alten Herrn« aus den dreißiger Jahren über die Tauwetter-Titelerzählung von
1955 und die grotesk-mythologischen »Capriccios« von 1965/66 – Abrech-
nung mit der »neuen Klasse« – bis zu den bitteren satirischen Erzählungen
aus den siebziger Jahren, die zu Lebzeiten des Autors nur in Samisdat-
Publikationen erscheinen konnten. Sie handeln, sagte Déry, »vom Niveau-
verlust der Menschenseele, der die Epoche kennzeichnet und uns immer
noch bedroht«.

Ervin Sinkó *Roman eines Romans* – Moskauer Tagebuch 1935/1937.
Übersetzt von Edmund Trugly jun. Mit einem Nachwort von Alfred Kantoro-
wicz. 490 Seiten. ISBN 3 921810 88 4
Ein Zeitzeugnis der dreißiger Jahre, aus dem Paris der Emigranten und aus
dem stalinistischen Moskau: Begegnungen und Gespräche mit Romain
Rolland, André Gide, Isaak Babel, Bela Kun, Anna Seghers und vielen anderen. Sinkós Tagebuch hält den Zerfall seiner Utopie fest: in der Atmosphäre
von Angst und Erstarrung offenbart sich das Dilemma, in dem alle guten
Geister Europas angesichts der Nazi-Gefahr auf der einen, der Zerstörung
durch den Stalinismus auf der andern Seite sich befanden.

Béla Bálazs *Die Jugend eines Träumers.* Autobiographischer Roman.
Herausgegeben und mit einem Nachwort von Hanno Loewy. 376 Seiten.
ISBN 3 931109 19 4
1940, im Moskauer Exil, vergegenwärtigte sich der »ungarische Dichter und
deutsche Schriftsteller«, der Jude und romantische Kommunist, Jugendfreund
Georg Lukács' und Filmkritiker und -autor, seine Provinz-Kindheit am Ende
des 19. Jahrhunderts. In der bedrohlichen stalinistischen Atmosphäre und vor
dem Hintergrund des nahen Kriegs – »in dem Jahr, in dem Zehnmillionen
Flüchtlinge über die verwüsteten Felder Frankreichs irren, dem Jahr der
Massenemigration aus aller Welt in alle Welt« – hatten solche »Abenteuer der
Seele« etwas Anachronistisches und ebensoviel von Flucht wie von Selbst-
bewußtsein.

Unsere Bücher erhalten Sie in jeder guten Buchhandlung. Prospekte und Informationen
vom Verlag **Das Arsenal** · Tegeler Weg 97 · 10589 Berlin [Charlottenburg]